科幻星系丛书

星际求职者

未　末　著

中国科学技术出版社

·北　京·

图书在版编目（CIP）数据

星际求职者 / 未末著 . -- 北京：中国科学技术出版社，2021.10

（科幻星系丛书）

ISBN 978-7-5046-9190-3

I. ①星… II. ①未… III. ①幻想小说—中国—当代 IV. ① I247.5

中国版本图书馆 CIP 数据核字（2021）第 184030 号

策划编辑	王卫英
责任编辑	刘　今
封面设计	北京中科星河文化传媒有限公司
正文设计	中文天地
绘　　图	未　末
责任校对	焦　宁　吕传新
责任印制	徐　飞

出　　版	中国科学技术出版社
发　　行	中国科学技术出版社有限公司发行部
地　　址	北京市海淀区中关村南大街16号
邮　　编	100081
发行电话	010-62173865
传　　真	010-62173081
网　　址	http://www.cspbooks.com.cn

开　　本	720mm×1000mm　1/16
字　　数	155千字
印　　张	13
版　　次	2021年10月第1版
印　　次	2021年10月第1次印刷
印　　刷	北京盛通印刷股份有限公司
书　　号	ISBN 978-7-5046-9190-3 / I・62
定　　价	36.00元

培育，见证与传播

当 21 世纪进入 20 年代，以智能手机、智慧家电、高铁、5G 等为代表的先进科技，渗透进社会的方方面面，融入日常生活，变得触手可及。大众的视野，随着科学家们开拓进取的脚步，或眺望 150 亿光年外的星辰，或探究纳米级尺度上材料的性质和应用，产生了无数关于未来的奇思妙想。曾有人说，农耕时代，武侠是成人的童话；那么在当今科技推动社会高速发展的时代，科幻就是成人的童话。每一个成年人都不由得会去幻想未来，想象科技高速发展可能带来的社会的变化，生活的变化，个人的变化，而将这些变化诉之笔端，将种种可能的未来用文字展现在我们眼前的，正是科幻作家。

这个时代，呼唤更多更好的科幻作家。

于是，由中国科学技术协会科普部支持，中国科学技术出版社有限公司、中国科普作家协会科幻创作研究基地承担的青年科幻作家创作和出版培育项目应运而生。这一项目的目的，就是为青年科幻作家提供更多更好的写作条件，从而促进他们创作出更多优秀作品，进而成长为像刘慈欣那样的科幻大家。

这些青年科幻作家散居于全国各地，有着文学梦想，关注科学前沿的每一点拓展，他们以科幻作品的形式表达对科技的思考，对人类未来命运的关注。他们的思维中闪耀着科幻的晶光，只需一个电子的触动，便生长出幻想的光波。

项目希望通过学术研讨会、经验交流活动、短期采风等多种形式，做那个触动的电子，召唤出作家心中的科幻光波，最终汇聚成宽广的光域，浸润每个触及者的心灵。

培育，是项目设立的初衷，通过线上线下结合的方式，搭建创作交流互鉴平台，鼓励青年科幻作家创作出更多更好体现中华文化精髓、传播当代中国价值观念、符合世界进步潮流的科幻精品，讲好人民群众的追梦故事，反映中国科学家精神，让大家的目光看到科技发展的最前沿，看到人类进步的最前沿，点燃他们的科学梦想。

通过培育，项目将见证一批青年科幻作家的成长，他们将拥有更多的机会出版自己的作品，拓展自己的创作领域和形式，树立个人的创作风格，最终成就自己，也为大众带来优秀的作品。

仅仅见证是不够的，项目还将充分利用中国科学技术协会和中国科学技术出版社有限公司的宣传渠道，将青年科幻作家的作品传播出去，让更多人接触到这些作品，触及作家的奇妙想象，从而受到思维的启迪，或者激发对科幻的兴趣。

为了更好地完成项目，项目第一期在全国范围内精心选拔出超过二十位青年科幻作家作为培育对象。这些作家年龄在四十五岁以内，写作或发表过三篇以上的科幻小说，至少有一篇作品获得过专业科幻奖项，如银河奖、星云奖等，似小荷才露尖尖角，只待伯乐发掘出他们的潜力。

目前，第一期项目的二十多位青年科幻作家也都创作出了精彩的作品。中国科学技术出版社有限公司首先出版了其中的四部，以便尽早将优秀作品呈现在大众面前。

这四部作品分别是阿缺的《忘忧草》，彭柳蓉的《发光的尘埃》，苏丹的《中间人》以及未末的《星际求职者》。这些作品的形式有长篇，有中短篇合集，内容涉及航天、生物、赛博朋克、宇宙文明等，题材丰富，构思巧妙，且有所创新。既有对当下社会现实的关怀，又有对人性在未知科幻情景中的剖析和检验。

小说的作者均为这些年来显示了一定实力，深具潜力的青年科幻作家。

阿缺是深度科幻迷，多次荣获全球华语科幻星云奖和中国科幻银河奖，目前发表出版字数过百万，著有《与机器人同行》《机器人间》《星海旅人》等作品。

彭柳蓉曾任科普和科幻杂志编辑，作品获得过全球华语科幻星云奖银奖，少儿星云奖金奖，"周庄杯"全国儿童文学短篇小说大赛二等奖。曾担任《科幻世界·少年版》与《科幻世界画刊·小牛顿》杂志执行副主编。少儿幻想小说《星愿大陆》系列畅销百万册，科幻小说《控虫师》已售出影视、游戏版权。

苏丹毕业于北京师范大学数学系，目前从事互联网技术工作。他的《中间人》和《十地》在豆瓣阅读征文大赛科幻组比赛中脱颖而出，令读者看到了程序员内心中刀光剑影的幻想天地。

未末毕业于广州美术学院美术教育专业，现为高中美术教师、平面设计师、青年科幻作家。未末热衷于符号学意象的推演，追求创作点子密集型和脑洞串烧型科幻作品。侧重世界观构建，对理念核心以及画面感、情节的准确把握，是未末在科幻创作中的优势。

项目还将继续推选青年科幻作家们的优秀作品，也欢迎有志于科幻作品创作的作家毛遂自荐，为中国原创科幻的繁荣兴旺贡献自己的力量。

凌晨

2021 年 9 月

目 录

一、起点从不决定终点，即便站在巨人的肩膀上；

二、人与人的距离依靠速度来缩短，巨人也害怕一个快速成长的人；

三、速度的影响远不及加速度的影响，而巨人未曾在弯道加速。

——星际拓荒号韦德斯舰长的"三句箴言"

一

地球联盟日报社

很抱歉地告诉您，您投出的简历石沉宇宙。

——猎头宝贝 珍妮小可爱

从一百多平方米的房间出来，上了五十多平方米的公交车，来到地球联盟日报社三平方米的格子间，面对一平方米的显示屏，顾曳明的眼皮只睁开了一条缝，视野就像虚掩的棺盖那样，其中灰白色的灵魂正在挣扎着想从躯体里爬出来。

顾曳明倒不是没睡好，是真的无力应付白天糟心的工作。那打印机嘀嘀印刷出的纸张，如瀑布一般没有尽头。专员们的电话忙碌，左手放了右手接，吵闹得仿佛鸟市里的鹦鹉正在卖弄口舌。还有那些刺鼻的油墨味，上几个世纪才有的古老纸质印刷品，挤占了他伸脚活动筋骨的自由空间。他的右手边还有一沓资料，比窗外的摩天大楼都要高耸，正好遮住了早晨仅有的暖阳。

报社！这个鬼地方叫作报社！顾曳明不敢想象，在这样一个航天联盟时代，怎么还会保留如此落后的资讯产业，就如同金子里面掺了沙子。

报纸唯一的市场就是那些底层的劳工们。他们喜欢摸着具有实感的纸张，心里才能踏实。然而这也说不过去，电子屏幕的价格与一包面巾纸差不了多少，他们也并非消费不起其他媒体的资讯平台。当然，所谓的劳工不仅仅包括地球劳工，还有来自各大星际文明的底层工作者，如果统统纳入考虑范围，确实也难以判断其整体喜好。

顾曳明敲打键盘，直到第一个字符出现在屏幕上时，才激活了他真正的工作。他是码字的文员，也是个小编辑，称呼无所谓，反正他只需要坐在这把椅子上就算上班了，至于做什么，主编分配什么就做什么呗。这听起来就像是"吃什么拉什么"一般自然，无须顾虑太多。

他只是纳闷儿，这样的日子还要持续多久。倘若他的生命还剩六十年，那么六十年的重复性工作会不会让他的大脑萎缩，或者只剩下码字的脑细胞，其他脑细胞将会因为"失业"而饿死？

恍惚了好一阵子，顾曳明这才发现他的思绪盖过了原本计划好的任务，他的屏幕上只打了一行字，而在屏幕左上角的标签告诉他，今天早上还有三万字需要组织出来，平均每分钟得录入两百字。

好家伙，他已经浪费了十五分钟，必须把在时间上欠下的债补回来。

顾曳明赶紧放空了大脑，变成一台人体打字机。他只需要锁定在无我的境界上，两颗眼珠子木木地直视前方，手指交织舞动，就可以毫无差错地打几个小时的字，而且不用停歇。

只有遇到外界干扰时，他的意识才会从沉浸式的职业氛围中跳脱出来。比如实习生洒了一杯咖啡；扫地阿姨让他抬脚；老板大喊："那谁谁谁你给我滚进来！"还有街上堵车时司机的疯狂鸣笛。

当然，最常见的干扰来自那个秃顶的主编。

说曹操曹操就到，主编立刻出现在顾曳明的桌前，"啪"地扔下一沓资料。顾曳明键盘里藏着的尘土和零食碎屑都弹出一丈高，他放空的心也忽然从深渊中反弹出来，卡到喉咙里，就像浓痰一般化不开。

主编命令："给我把这些泰坦星文字翻译出来。"

顾曳明下意识地点了一下头，那是主编话音刚落时他本能的条件反射，就像写字之人喜欢在句末点个句号来收尾，吃完饭要打个饱嗝儿一般自然。但是片刻之后，他延迟的反应弧才捕捉到"翻译"二字，而且是"泰坦星"的文字。

"什么？泰坦星？主编，我没学过泰坦星文！"

主编已经掉头离开了一米多，并且距离越来越大。顾曳明还想再哭诉一下，办公室大门"砰"的一声关上，主编消失不见了。顾曳明把手掌往自己的脑门儿上一拍，别说当场装晕，他连装死的心都有。

这个任务可谓棘手，并非他本行，也不是他该领受的工作。在这里，加班都没有补助，加塞的任务就更别想得到额外的奖励了。谁都知道，作为一个办公室老鼠，遇见猫就要躲，但他现在连躲的想法产生的时间都没有。

前辈告诫他，如果看到主编手里拿着些东西过来，站在格子间走廊上并四处张望，那么他一定是在寻找能够胜任某些任务的人。此时最好把身子挪下一点，头不要露出来（最好长得不高），否则会被第一个盯上。如若不幸被盯上了，别心虚，大大方方地站起来，假装去茶水间或者洗手间，回来就会发现，不仅主编走了，任务也皆大欢喜地落到了别人头上。

但这些告诫此刻全部无用，顾曳明只能硬着头皮接下主编的额外任务。顾曳明用手指捻着那些资料，随便翻了几页，上面的太空文字就像八爪鱼一般蜷缩在一起。而且可恶的泰坦星人的文字并非线性排布的一维书写文字，而是将几千个字符堆砌成了一幅二维画面。最大的难度在于，辨认文字的起始句需要具备三维的空间认知域，而顾曳明的脑子根本完成不了这个任务，即便是对懂得泰坦星文字的人类来说，这也不是件轻松的事情。

顾曳明感觉那坨茶迹般晕染开来的鬼画符就像泰坦星人擤鼻涕留下的纸巾，他只能绝望地仰头哈气，希望这是一场梦。

努力想了想，顾曳明还是找到了办法来解决翻译问题。他的妻子是温吞星人，和泰坦星人是邻居，虽然也隔了有将近八光年的距离，但是至少沾得上边。

于是他点开通信界面，把窗口缩小，他可不想让主编发现他在工作时间偷偷聊天。

顾曳明发了翻译请求，可是他的温吞星人妻子回复时用的是语音。真是愚蠢到家了，他怎么敢点开来听？要知道他妻子的语速是全宇宙最慢的，这不是夸张，事实就是如此。

另外，对方还发了一连串表情，都是不同角度的药片照片。

其实那不是药片，而是他妻子的脸。温吞星人长得如同阿司匹林，圆滚滚的，走在大街上会被人看作是谁家滚出的瑜伽球。

顾曳明看到这样的情况，心想还是算了，想把任务放到下午来完成，他必须先把上午的标准工作量完成好。

2

下班时，顾曳明顺手把那沓资料塞到了他那黑色旧公文包里，想着回去找妻子翻译，这样事情也就会迎刃而解。当然，报社明令禁止将资料带离，更不让员工把活儿带回家做，一经发现便要扣除工资。

虽说这家破报社也没什么商业秘密，但他们总觉得自己的第一手报道就像彩票一般值钱，只要开奖日没到，就有机会获得头奖。

顾曳明以前可谓循规蹈矩，报社这些规则早已烂熟于心，但自从患了不可医治的"惰工综合征"之后，他就再也没把这些规则当一回事了。有时开例会时顾曳明还会假装做笔记，整个人都变成了老油条。

他抱着公文包在附近随便吃了个工作餐，然后坐上两点一线的准点公交车，身子一摇一晃地跟着路面一同起伏，眼皮依然撑不开。

坐车时，时常有人蹭过来，想借顾曳明的座位一坐，而他就趁这个时候假装睡觉。由于体内的瞌睡因子本就等待发作，他这么一闭眼，便真的睡了过去。他的头会"哐当"一下撞向前面的塑料椅子背，顺势两手一松，公文包一放，上班的劳累就全部释放了出来。他便摇摇晃晃的像是风中飘荡的破布烂衫一般，没了生气。

顾曳明很容易坐过站，于是习惯在手表里设置尖叫鸡闹钟。

此刻，站点还没到，顾曳明的闹钟就炸开了声，让周遭的人为难地咬牙切齿，捂着耳朵躲避。只有司机习惯了他的奇葩行为，依然淡定地开着车。

顾曳明清醒了，关掉闹钟，正襟危坐，然后又弯下腰，双手往脚下一捞，才发现自己的公文包不见了。他连续捞了三下，只有空气，便趴到椅子下方找，还是没有。

他的第一反应并不是那里面的报社资料，而是钱包里的十五元联盟币、一包创可贴和一本星际拓荒号韦德斯舰长撰写的《致富宝典》。当然，还有几枚金黄色典藏版回形针。

顾曳明把今天命名为"倒霉的一天"，并在自己的认识域里画上一格红叉。今天是二十四号，从此二十四就成了一个不吉利的数字。

他已经不想回家了，就在下车的站台对面等待回程的公交车。

他这才想起那沓资料，为了给主编一个交代，同时保住这份吊着薪水的工作，他必须翻译那篇来自泰坦星的文章。

这下没了原文，顾曳明一身轻松，反而想着如何去杜撰一篇文章。

回到编辑部，面对空无一人的报社，顾曳明绞尽脑汁要把文章写好。但为了不引起太多关注，这篇文章要尽可能低调。不过顾曳明落笔前，想到一件事。按照以往的路数，泰坦星人喜欢在人类的报纸上发表言论，吐槽联盟的最新科学技术。由于部分涉及敏感话题，且对联盟当局表示出不友好的态度，甚至有操纵舆论的嫌疑，因此常常被主编拒之门外。

顾曳明脑子里的歪点子一闪，决定写一篇相当刺激的评论文章，最好有高度的挑衅意味，火药味十足的那种。像这样践踏联盟文明并超越底线的文章，一定会被主编扔进垃圾桶，永不刊发，如此顾曳明便能化险为夷。

想定之后，顾曳明马上着手写作，洋洋洒洒地写了数万字。因为据他了解，字数过多也容易被主编嫌弃。

顾曳明此刻发现，自己不仅仅是个码字机器，而且脑子里装着这么多奇思妙想，完全可以从事职业写作。

这个念头化作种子落在他的认识域里面，等待有朝一日冒出芽来。

等到了第二天，同事告诉顾曳明，报纸已经下厂印刷了。那篇泰坦星的文章居然没有被扔掉，反而一字不落地全部刊登，同时还成了头版头条，毕竟那数万字刚好挤到一个整版里面。

顾曳明整个人顿时崩溃了，居然做了弄巧成拙、无心插柳的坏事。若是原作者彻查起来，指责这篇文章失去文中本意，那将不仅仅是吃官司的问题了，还牵涉到星际纠纷，甚至会导致两个文明的武力对抗。

顾曳明想过潜逃，但是近段时间似乎没有听到什么风声，他敏感地留意着新闻资讯和身边动态，甚至准备好了行李，如果有风吹草动，他都能第一时间做出反应。

什么惩罚都没有降临到顾曳明的头上，直到他从资讯平台上得知，星际联盟已经向泰坦星宣战。

包括地球在内的星际联盟军本就对遥远的系外文明保持敌意，这篇文章正好给了联盟军发兵的借口。由此，星际大战一触即发。

③

顾曳明躲在家里不敢上班，生怕被人抓去判罪。妻子也在担心娘家的母星。由于距离泰坦星很近，她生怕殃及池鱼，因此一家人惶惶不得终日。

报社派人打电话叫顾曳明上班，否则以旷工处理，将要扣薪。不过电话那头却说，首先他会获得一笔奖金。顾曳明从未见过报社给他任何额外报酬，更别说奖金了。他猜测，这是诱他出来的幌子。

但是一听到奖金数额，他还是心花怒放，冒险赶到了报社。

一进门，主编就给了他一个意外惊喜，一条绳子套在了他的脖子上。他一惊，以为是圈套，但脖子上的东西分明是一张电子门禁卡。他抓起卡片，上面有自己的头像，名字也是他的，只是下方的职务已经不再是文员，而是副主编。

顾曳明升职了，许诺的奖金也以现金联盟币的形式放到了他的办公桌上，别的同事只有羡慕的份。

他把自己的东西收拾一番，装到箱子中，准备搬到一间独立的磨砂玻璃隔间工作。他用门禁卡打开玻璃门，窗外可见半座城市，隔间宽敞明亮，配有皮质沙发、大尺度全息投影仪和钴合金办公桌。

旁边就是主编办公室，里面有一个人影在向他招手。顾曳明推门进去，在主编对面的椅子上坐下。

主编表情和蔼，语气温和："年轻人，那篇文章你意译得很好，润色夸张，联盟长很欣赏你的才华。"

"联盟长！"顾曳明吃惊。

主编点头："星际联盟委员会委员长，他是来自猎户座参宿四的天通星人，由银河系十大文明推举出来的联盟长官。"

顾曳明有点糊涂："不是，他怎么会喜欢那篇文章？"

主编微笑："你把敌人的敌对意图揣测得很翔实，用词犀利，译介入木三分，最终激化了包括地球在内的联盟军的战斗热情，你的文章完全可以被载入史册。"

"那只是一篇文章而已。"顾曳明擦擦额头渗出的汗。

主编夸赞："星星之火，可以燎原，而你就是点燃历史的那一粒火花。"

顾曳明原本就是个混迹职场的小人物，现在卷到了跨世纪的大事件中，多少有些犯晕。他确实过腻了小角色的日常，但自知也担待不起成为公众人物的职责。

"不过你放心，没有其他人知道那篇文章是你翻译的，你尽可安稳地过你的日子，并把你的才华施展在副主编的岗位上。"主编宽慰顾曳明。

话是这么说，但是顾曳明已经不想在报社干下去了。他想要的并非升职加薪，而是摆脱枯燥乏味的工作束缚，尤其想从这种毫无前景的单位里跳槽出去。他想过，即便他在报社做到了社长的位置上，也体会不到一丝半点的成就感。

他假装接受了主编对他的信任和厚爱，坐回到自己的办公椅上，习惯性抬头朝着天花板哈气。这一次的天花板不再从吊顶里飘下残渣碎屑，只有光滑透亮的瓷砖。顾曳明不由叹息，虽然他的待遇变了，却依然看不到头顶那片自由的天空。

他低下头看向桌面，摆件崭新，没有尘垢，这里每周都会有专人帮他清理桌面。他甚至有个秘书兼小编可以使唤，这样的配置本来人人羡慕，然而顾曳明却心怀忐忑，决定另做打算。

他今天的第一项任务是审稿，会有来自银河系乃至河外星系的诸多文明向报社投稿，内容涉及不同方面，包括广告投放、时事政治、娱乐动态、花边新闻、街坊生活、寻人启事等。顾曳明只是这家报社的五十名副主编之一，地位算不上很高。由于地球联盟日报社需要处理海量的投稿，因此每位副主编都只处理其中一类内容，顾曳明需要应对的是寻物启事广告中关于出行丢失随身物品的内容。

这类内容又由八名副主编分管，顾曳明覆盖的服务范围只是其中一块，即以地球为中心的坐标系上可观测天球的东南方下角。

而在那里，仙女座星云里面，倒霉的泰坦星正在接受星际联盟军的征讨。

顾曳明挠了挠下巴，看着泰坦星人的坐标方位，觉得这是命运的使然，又或者是上边老板的刻意安排，他即便做了个无关紧要的副主编，也还是和泰坦星人有着千丝万缕的关系。

但顾曳明这次学乖了，尽量不去理会来自泰坦星的任何寻物启事，而是转而查阅代号为"#7331"的邮件枝干。很显然，这个代号指向的是他妻子娘家的母星——温吞星。

他首先看到一则寻物启事，是由一个处于生育期的温吞星人发来的，说她在去往太阳系附近比邻星的旅游快线里，丢失了几个"豆荚"。豆荚可不是人类惯常所吃的蔬菜，它是类似于钱包的物品，其内部的豆子便是交易的货币。

温吞星政府通过垄断星球上的这类豆荚植物，来达到对经济的管控，豆荚生产基地如同人类的印钞局，温吞星人私自拿豆子去栽种并收割假币是违法的，因为这会导致通货膨胀。

顾曳明看了那名温吞星妇女所描述的钱包，其形态和温吞星的豆荚也没什么区别，便决定不予发表。一是他需要另找时间与对方沟通，斟酌寻物启事里的文字内容，这样的话，就难免会因为语言障碍而带来诸多麻烦。另外她钱包里面只有十万豆元，折合联盟币也只是区区十几块钱。为了这么点儿损失，而要浪费全宇宙独家发行的报纸版面资源，简直就是小题大做。

顾曳明打开第二封来稿。温吞星人在搭乘陨石大巴时丢了一把筒硝，它是一种可以喷射出火花状熔融物质的武器。温吞星居民有持枪自由，此武器人手一把，如同打火机一般通用，在野地求生时经常能派上极大用途。但是到了太阳系周边，由于航空管理法的限制，武器需要寄放在联盟军的曲率囊里。

这个温吞星人一看就是法盲，不仅无视联盟法，而且他所乘坐的陨石大巴属于监管之外的交通工具，这又违反了星际穿越交通法。

顾曳明毫不迟疑，将这份来稿推给了有关部门查阅。

顾曳明仿佛找到了一些优越感，那是对他人有生杀予夺权力的优越感。他每天需要查看的稿件不下八万封，而每天能刊登的却寥寥无几，他便又有了如同遴选妃子的古代帝王一般的满足感。

幸好他没有着急离开报社，坐在电脑旁处理来稿的感觉有时候就像来了一遭太空漫游，可以领略世间百态。

顾曳明迫不及待地打开下一封邮件，依然是温吞星人来稿，只不过这个温吞星人在邮件中的留言很短，感觉漠不关心的样子。

文字如下：

本人到地球视察人类生物圈时，在垃圾桶附近发现一黑色旧皮包，长三十纤毛，宽二十纤毛，里面有一本《种豆宝典》，几枚螺旋状扭母。请丢失者认领。

顾曳明起初没太在意里面描述的东西为何物，直接推到了主编的系统里，算是勉强可以发表的内容。

但是等顾曳明细心想来，却感觉这个黑色皮包似曾相识的样子。他再认真地看了遍文字内容，"纤毛"是温吞星人的度量单位，应该是从他们身上取一根标准长度腋毛所规定的单位，换算成厘米的话，应该和他的公文包大体一致。

那本《种豆宝典》显然带有计算机直译的误区，"种豆"对于温吞星人而言，和"致富"没有区别，所以这本书其实就是他丢失的公文包里面的书。而"扭母"无疑就是对"回形针"简单粗暴的音译。

顾曳明的小心肝突然吊了起来，倒不是为温吞星人终于找到了他丢失的物件而兴奋，他是为这篇寻物启事里没有出现那沓泰坦星文章的资料而感到诧异。思来想去，觉得其中必有原因。

他想到了很多可能，包括那个得到文章的人是否会将罪责最终引向自己，或者已经推给主编的寻物启事一旦向全宇宙发布，那么海量读者将从蛛丝马迹中顺藤摸瓜，最终找到顾曳明这个罪魁祸首，严重起来甚至可以称之为"战争罪人"的人。

顾曳明浑身冒着冷汗，双手哆哆嗦嗦，背脊滑到椅子下方，只想原地消失。

有时候顾曳明真觉得，做个小人物挺好，何必掺和一些自己能力之外的事情。可是命运的蹊跷安排由不得受害者反驳，就像必然的饥饿或者睡眠一般，只能承受。

但是只要还有一线希望，顾曳明就绝不放弃。他首先想和那个温吞星人通一次电话，让他主动联系主编撤销寻物启事的刊发。虽然星际长途非常昂贵，但是办公室里的电话可以免费拨打。

然而顾曳明旋即一想，又觉得这个办法很难奏效。首先，语言是一个大问题，虽然星际长途自带同步翻译器，但是老旧的人工智能系统和语料库经常出问题，温吞星人也时常听错意思。另外，温吞星人的语速非常慢，一个音节会被拖长几百倍，一句简单的问候语需要一个多小时才能听完，和他们交谈的时候也同样需要拖慢速度。人的气息短浅，不可能拖得那么长。

顾曳明的妻子就是一个很好的例子，因此他很少和妻子说话，平时多半都是用文字交流。若遇上她大发雷霆，想要长篇大论谩骂一通时，顾曳明就需要听她发几个月的牢骚。直到妻子讲完，他们也都忘了为什么而争吵。

寻物启事发出去之后，犹如石沉大海，连个涟漪都没有冒出来。

这件事看来没有顾曳明想象的那么糟，不过他又想，也许是因为自己报社的辐射面并不大，阅读者多半是底层劳工，他们在社会上的影响力也很有限。

不过顾曳明也听说过，这些人闲来没事总爱扯嘴皮子，谣言在耳际之间传播时，常常变得面目全非。口口相传的速度是比较慢的，也许这个消息还没有到达引爆点。

当然顾曳明也清楚，虽然温吞星人的语言速度很慢，但是泰坦星的语言交流速度已经接近光速，任何消息在他们那里都会瞬间覆盖全球，他们的政令下达后，也同样立竿见影。信息的传播速度确实决定着文明的进程，这也正是星际联盟忌惮泰坦星人的原因之一。

事实的确如此，这几年来，泰坦星人技术崛起的速度惊人。所以顾曳明同样忌惮他们，怕有关他的信息落在泰坦星，他们转速惊人的大脑很快就会找到元凶。

除非……除非泰坦星人也想发动这场战争，而顾曳明的弄巧成拙反而给了他们可乘之机。

无论如何，顾曳明觉得还是小心为妙。

4

最近有一件事让顾曳明感觉很紧张，通信界面里总有一个自称职业猎头的人想加他的号码。顾曳明取消了数次，但是此人依然穷追不舍。

于是他点开了对方的交友圈，看到界面上显示此人是女性，好像还蛮有魅力的样子。交友动态里发了很多与著名商业人士合影的照片，应该不是后期处理的，不过这种晒人脉的行为多少有些自我营销的嫌疑。

既然她这么追切地想加上顾曳明的好友，他倒也想了解下对方，那么即便谈不成什么交易，权当一次网络聊天，至少还可以多认识一些女性，想想他也有些"猎艳"的渴望。

毕竟顾曳明家的温吞星人算不上真正的女人，他们至今没有正式相处过，等于只是字面上的夫妻。当初顾曳明娶她入门，只是因为她娘家的母星上有一片土地，还有一排商品房。顾曳明贪图这点儿实惠，便答应了婚事。

虽然那里是遥远的、尚待开发的边疆，但从宇宙殖民时期到现在，房价都稳升不降。顾曳明考虑着自己假如有一天在报社失业了，至少还能去温吞星安度后半生，于是便上了这条贼船。

顾曳明点击了添加好友，对方似乎是躲在幕后等着被添加似的，秒回，用的是中文的"你好"。

他不知道回复些什么，于是复制粘贴了"你好"。

"久仰大名，自我介绍，我是你的猎头宝贝，珍妮小可爱。"

"你怎么找到我的，我好像没有投过任何简历给猎头公司。"

"我是自己找上门的，亲，而且我同时和几百个人聊天，我是猎头公司的人工智能。"

顾曳明算是明白了，这就是横行网络的小广告嘛。他们有一套算法，给一些用户贴标签，然后揣测其是否有跳槽的想法，如若这个估值超过了水平线，他们就会派个机器人来沟通，看对方有无跳槽的意向。如有，便推荐对方到合适的岗位上班。

顾曳明倒是真想换工作，但首先，他需要知道对方是否真的了解他的需求。

"你觉得我需要换工作？"

"哈哈哈，不是觉得啦，是我们想让你换工作。因为你那篇文章嘛，写得很有噱头，我们想推荐你考虑一下创意行业的相关工作。这行的收入会是你现在的三倍吧，保守估计。"

顾曳明确实有些心动，但对方是怎么知道那篇文章是自己写的呢？这让他的心再次处于不安之中。

"你怎么知道文章的事情？"

"是这样的，帅哥，很抱歉我们不应该挖你的隐私，但是因为有些隐私在业界默认是可以交换的，所以我们才了解到了你独特的才华。"

"你只需要告诉我是从哪里知道的。"

"你不是升职了吗？每次升职加薪，人力资源部那边都会有相应备案的，我们公司和你们的人力资源部有长期合作关系哒，他会把你的一些资料提供给我们。我们筛选后就会相应地进行决策，帮那些具有跳槽意向的职员谋求更好的出路。偷偷告诉你哈，我们每年给你们人力资源部的返利都很可观的。"

顾曳明觉得这个机器人的脑子缺根弦儿，怎么可以把人力资源部给出卖了？不过话说回来，对方猜得很准，他确实在报社待腻了。

"怎么样，考虑得如何？主要我们是为你好嘞。这么有才华的小伙子，怎么可以委屈做一个小广告的编辑呢？"

"我就想再问问，文章那件事除人力资源部知道之外，还有人知道吗？"

"这些资料都是内部流通的，其他人当然不知道啦。其实我们公司虽说是外包的，但也是人力部门的一部分，我们也是内部，不要见外啦！"

"那么我跳槽前不会有人知道吧？万一社长不放我离开呢？"

"你放心吧，你们所有的人事档案都挂靠在我这边。只要当事人同意，没人敢扣你的档案。放飞自我吧，小伙子！"

顾曳明总感觉对方的语言轻佻，而且毫无涵养。

"那我把简历投一下吧，就当是撒一下小广告。"

"你需要我的语言界面还是手动界面？"

这句话问得好，顾曳明早就不想理这个模仿人类说话的机器人傀儡了，它就像个没有灵魂却假装自己有灵魂的东西，看它打出的文字真让人出戏。

"手动界面吧！"

一条链接扔过来，顾曳明点开，立刻跳到另一个界面。界面中

央是一个猎头公司的标志，下方一个"点击"按钮。按动后，链接
跳出几个按钮：

请完善您的基本信息！
请完善您的求职意向！

完成第一项，进入第二项：

请在下方选项中勾选选项（最多五项）

顾曳明选择了三项，分别为创意总监、文案、产品经理。

正在为您匹配……匹配完毕
请选择投放范围：
太阳系（90联盟币）
银河系（190联盟币）
河外星系（390联盟币）
整个可观测宇宙（920联盟币）

顾曳明觉得这收费简直是明抢，幸好他有一笔可观的奖金，而
且现在的他有些虚荣心爆棚，于是选了最后一项。

请上传您的简历，并选择发送渠道：

经典物理信道（200 联盟币）

加急超距信道（2000 联盟币）

顾曳明把唾沫星子都吐到了屏幕上，想找到"退出"或"返回主页"按键，但只有"下一步"。

无奈之下他选了第一项。

弹出窗口：

该信道采用电磁波传输，抵达可观测宇宙边缘所需时间是九亿年，请问是否继续采用此信道进行通信。

是，继续／不，返回

（需要为您提供人体冷冻技术可直接点击右边链接）

顾曳明无奈地返回，然后颤抖着食指单击了"加急超距信道"。

恭喜您，您的简历已经向全宇宙发布，耗时 0.02 秒，打败了70% 的用户。

祝您求职顺利！

5

顾曳明这段时间并未收到任何反馈的信件，他怀疑那个网站的合法性，但那些打水漂的奖金已经无法再追回了。

按理说，面向全宇宙求职成功的概率应该很大，况且加急超距信道具有优先查阅特权，他的简历不可能还在人事部门的邮箱里躺着才对。

不过，顾曳明想想自己处理来稿信件的态度，便也悟出了其中的现实意味。人的精力和耐心有限，面对浩如烟海的全宇宙资讯，总有麻木的一天。由此可见，其他星球上的工作也并非他想象的那么轻松，尤其在那些还没来得及普及人工智能的太空族群里，人力依然是主要劳动力。

顾曳明仰望天花板，心里少了些自大的认知，多了对无边无界宇宙的更多敬畏。

在这世上，比他有才华的生物多了去了，为何偏偏要录用他呢？而且他的经历平平无奇，并没有像样的履历。就他这样浪费地球粮食的角色，放到哪儿，都是跑龙套的命。

人类虽然位居星际联盟十大文明之一，但人类自身的缺陷明显，如若没有技术加持，想必也难以跻身联盟席位，而只能低人一等，甚至地球会沦为异族的殖民地，被强者顷刻灭之。

宇宙即江湖，有生物的地方便是江湖。顾曳明想通了此中的道理，便觉得老老实实地待在地球生态圈里，做一个普通的上班族，也不枉苟活一生。如此想来，险恶的宇宙还是不要踏足为妙。

顾曳明此后没了什么大计划，便一如往常坐公交车上下班。车子走了半程，要进站时，他就收到了猎头宝贝珍妮小可爱的短信。打开查看，上面有个悲伤的表情，后面附上一句话：

"很抱歉地告诉您，您投出的简历石沉宇宙。这边并没有收到任何招聘方的回复。鉴于此种情况，我们也爱莫能助……"

顾曳明本不多想，脑子里也差不多淡忘了此事，只怪珍妮小可爱这一句话，他又心思驳杂起来，乃至于气恼上头，还没有看完整句消息，就立即删除了。他又将这种糟糕情绪转移到了手机上，将它从身旁的车窗扔到车外，只听得手机和地面的碰撞声，连翻带滚。他想了一想，又后悔起来，幸好车子还停在站台等乘客一个一个地上车，他赶紧跑下车捡回手机。顾曳明试试手机，幸亏还能用，否则他要怪罪这条线上的公交车了。毕竟前段时间他刚丢了公文包，如今再搭个手机进去，这霉可就倒大了，乃至发酵了。

顾曳明捡回手机的工夫，公交车已经开走了。他不想再等下一班车，开始漫无目的地在街上晃。他见了肠粉想吃肠粉，见了杂货铺想买日用品，见了招聘公司又想起了现在这份令人懊恼的工作，还有别家公司的冷落，全部事儿加起来，够他烦躁的。再听到小街上的机器人吆喝着各家的货物，飞车满天按喇叭，他的心绪便就越发繁杂了。

直到他走进一家保姆机器人租赁店，心情才稍微松快一点。这家店的前门挂了一块绿油泥色的铂金招牌，写着虫蛇一般的文字。招牌下方瘫坐着一个沿街乞讨的反鼻星人，正自顾自地摇晃，如同丢了魂魄的一摊烂泥。他鼓着肚子，响亮地擤了声鼻涕，一口浓痰喷向顾曳明。顾曳明顿时觉得身上滑溜溜地难受，延迟的反射弧有了响应，"哼"了一声表示嫌弃，赶紧转过头来，用纸巾擦拭其实并没有沾上鼻涕的衣服。

那个反鼻星人不懂地球语言，而且他根本就没有鼻子，整体仿

佛一块融化的膏药，或是滑坡的山峰。但他们天生具备独门技艺，那便是读心术。他们的唾液里含有大量感知细菌，那些钉子般的小东西会与大脑皮层结合，从中读取人类脑袋的基本信息，仿若一群洗劫银行的盗贼。

反鼻星人伸出一条黏腻腻的触手，比章鱼手还要壮硕，比树根还要修长。触手伸过来时，简直是遮天蔽日，一把就挡住了顾曳明的去路。这还没完，对方还不知礼节，竟纵身扑打过来，把顾曳明整个包裹在他半透明的嘴巴里，活像一只大水母生吞猎物。顾曳明感觉浑身黏稠，无法呼吸，还不如把他扔到粪坑里来得自在。

顾曳明很清楚，反鼻星人这种诡异行为的背后，是对他脑子的渴望，而且已经开始读取他脑子中的思想，并用微弱电流触及大脑的认知域。

在一阵阵酥麻中，顾曳明与反鼻星人产生了电场交流，并在脑海里浮现了双方的声音。但这声音来自体内、心灵、意识，并不能用耳朵听到。

这个反鼻星人的声音"听"上去有点热心肠："你很忧伤，我的地球朋友。我能够帮上你什么忙？"

反鼻星人是出了名的话痨，且是一种爱管闲事的生物。他们总认为这世间太多不如意，需要念叨着、辩驳着，才能把世界治好。他们就是一群活脱脱的操心英雄，一口喊着拯救世界，一口又牢骚满满，对自己的当下境遇不满。

这心态倒有几分顾曳明的影子，他也无非是个小市民，却又不安于当个小市民。

流落地球的反鼻星人多半是偷渡者，找不到工作的他们宁可沿街乞讨，也不勤于拾荒。毕竟拾荒没人搭讪，乞讨还可以对满街的人抱怨抱怨。

乞讨就算了，抱怨也罢了，他们还不安分，非要装出一副布道者的姿态，对凡事都要说点什么，乃至推己及人，把其他文明也看得低贱，并反过来施予怜悯和同情。

"我没事，你滚开！"顾曳明狠狠地叫嚷，自己却分毫也动弹不得。

"施主你心事太重，郁结成伤，不日将形神消瘦，影响睡眠。我愿意为你解开迷障，你看如何？"反鼻星人操着一口地方味十足的语调，犹如自封为半仙的江湖术士。

"要收钱吗？"顾曳明没好气，反问。

"适当给些，有口饭吃就行了，慈悲才是我们的精神食粮。只要你把心事有头有尾地讲来，不怕我解答不出，就怕我讲得多了，泄露了天机。"

顾曳明不喜欢这种视金钱如粪土，却又不得不挖粪之人。话说顾曳明自己虽也没几个钱，却是从不抵制金钱，所以他才想着跳槽，并把那本《致富宝典》当作自己全部的精神依托。他喜欢大淘金年代的恢宏气度和纸醉金迷，如今这世界已经板结了阶层，他这么个落魄职员，领着点儿破薪水，要想登上财富之门，简直难于上青天。

当然，顾曳明不应该想这么多。虽说反鼻星人有个好脾气，但他也不能让对反鼻星人的成见在自己脑子里游走，反鼻星人分分钟都会读出来。

"是这样的，我做的是咨询和中介业务，可以为你对接到最好的服务，无论是小道消息，还是隐私秘密，都能为你搜罗到手。我的主营业务是私家侦探。"反鼻星人继续兜售业务。

顾曳明摇头："我不需要这些。"

反鼻星人很执着："我看出来了，你需要找一份好工作。"

"的确如此，所以你知道全宇宙的好工作都在哪儿？"这不仅是提问，更是一句带有怀疑的设问。

"太阳系范围内的我都知道，而你需要的创意职位正好有个好雇主。"

反鼻星人的肚子咕噜咕噜发出叫声，他嘴巴里的顾曳明很容易变成食物。

"说来听听。不过你可以把嘴巴里的黏液吸回去一点儿吗？我的五官快进水了。"

"抱歉，我已经三天没吃东西了，你的头发有一股子迷人的酸味。"

"言归正传吧！雇主是谁？"顾曳明赶紧问，加重语气。

"是这样的，你先去附近的职介所问一下，有一家顶棒的企业，叫作火星玩偶公司，正在从制造业转型做文创行业。他那儿招募策划专员，尤其需要像你这样有创意头脑且拥有人类审美意识的产品策划人才。他们生产的玩偶都倾销到这里，因此只要地球人。"

"工资待遇怎样？"

"还行吧！当然啦，由于早先做的是制造业，工资不能说特别诱人，但是总比你现在的强。相比之下，火星的消费水平低于地球，水培农场生产的蔬菜也比地球更加便宜，所以值得考虑。租房嘛，也花不了几个钱，联盟搞了宏观调控，房租被控制在了基准线以下。"反鼻星人解释得很全面。

"你还别说，我的确有些心动，至少做玩偶听起来比当编辑有趣多了。"顾曳明说。

反鼻星人看到了顾曳明脑子里的其他思想，喃喃道："别误会哈，不是成人玩偶，而是圣诞节玩偶。"

"嗯！"顾曳明马上清空脑子里的冗余信息，用新的思想填充脑子，问："现在的小孩子都相信圣诞老人是火星人，因此火星小人儿才想靠这个产业发家致富？"

反鼻星人的声音冷静而不带任何情感："这是个没落的产业，但转型意味着新机遇。"

二

火星玩偶公司

你走得出隧道的迷宫，但走得出人脉的迷宫吗？

——火星玩偶公司策划专员　扳手

　　告别了反鼻星人，顾曳明去了那家职介所，简单说了来由，将他的简历送了进去。不过几分钟，火星玩偶公司的人力资源部回了电话，表示出对顾曳明的兴趣。双方一拍即合，约了入职时间。

　　谈妥后，顾曳明辞去了报社的工作，又到联盟办事处办理了出入境手续。

　　顾曳明回到家，打包行李。他家不大，是租的套间，每月垫付，房东是精明能干的海王星人，平时一家老小轮流过来收租。排到顾曳明家门口的是这位房东的表姐，通体透明，只穿了几件内衣，顾曳明第一次开门时，被眼前几件悬空内衣吓坏了。

隔壁邻居则是卖烧饼捎带走私烟草的土明星人，视力不好，房东表姐的几件内衣不显眼，他每次都以为门口没人，故开了门又关上，让收租子的表姐吃了不少闭门羹。

顾曳明的妻子喜欢和海王星表姐逛街，买减价打折促销的商品，一包包运回家，不知情的人根本看不到她身边有个闺蜜。

顾曳明的妻子是一个胖成球的温吞星人，浑身奶白色，更像个药片，正面两道杠，后面一道杠，分别是手和尾巴。她走路靠滚，上楼梯靠跳，没有脑袋，没有五官，皮肤与空气接触时有触感，那是她感知事物的全部官能。

妻子见顾曳明匆忙回来乱翻衣柜，便问："你——去——哪——儿？"

这几个中文字本来简短，但在温吞星人口中却变成了单调的低频射电信号，犹如一首放慢速度播放的歌，足足花了她十多分钟才说完。

妻子问完，顾曳明已经整理好了行李。由于很多事情无法与老婆即时讨论，顾曳明便写了封信件，让她慢慢看。

这次赶赴火星求职，像极了一场离别，告别妻子、廉租房、报社乃至地球。顾曳明以前不觉得地球的破村子里有什么好待的，现在才懂得背井离乡的滋味。他舍不得的东西很多，除了妻子。他与妻子交流得少，往往一回家，听她几句话便过了几个小时，简单回了几句，她又要花几个小时来理解。

顾曳明正要关门离开，妻子却有一肚子牢骚，顺口说了出来。

他听不完许多，怕等他休了年假回来，妻子的话才刚好说完。

他去往火箭发射场，坐上化石燃料专线，径自飞往火星。这可是廉价的硬铺，又是传统交通，因而去往火星需要十五天，漫长难熬。不像曲率飞船或超距跃迁飞船，费用是高，却可瞬间直达。顾曳明这是为了省点钱，以便在火星租房，并应付其他开销。

不过乘坐燃料火箭有个好处，可以观望沿途的风景。如果坐了快车，外面就都是一闪而过的光晕，没有景色可看。人生不过如此，有人追捧着快节奏，速求结果，那必然有人愿意享受慢生活，感悟过程。

但话说回来，人类若像温吞星人那般，甘于慢生活，今天也就落后于宇宙其他文明。俗话说人往高处走，顾曳明从地球飞向火星，这一步与当年殖民舰队无异，都为追求更高、更快、更强。

舷窗外飘来影子，顾曳明弹开鸭舌帽，看清那是一个旋涡状太空站，已经废弃了半个世纪左右。然而当它第一次升空时，人类喊出了响亮的口号——"征服宇宙"。

如今看来，若没有这句口号，没有一剂鸡血，人类就怯于踏出地球舒适区，也不会被星际联盟纳入十大常任理事星球之一。多少地球人直面险恶的深空，征服着大自然，才换来了人类今天的星际地位。

人需要飞向宇宙，往更广阔的舞台行进，生命由此散播基因，并让这世界无法轻视我们。

飞船来到了火星上空，这里恰好位于地心引力与离心力的平衡点。飞船熄火停飞，静候出入境部门的警察上船检查。

那些火星警察穿着太空服，十六只手臂挥舞着各种仪器，扫描入境者。顾曳明邻座的地球同胞是去火星挖矿的工人，姓魏，说着四川话。他讲，这以前没这么严格，毕竟火星是地球的兄弟星球，甚至没有边检。今天这个排场，是为了反恐。要知道，自从星际联盟与泰坦星不和，战事便处于发酵期，泰坦星人手段残忍，不排除恐怖袭击的可能。

魏哥顺便向顾曳明推销了一顶红色棒球帽，上面写着火星文，是"友好"的意思，说只要两个联盟币，就可以让火星人和他少一些误会。

顾曳明站起来接受安检，没有异常，但扫描仪经过魏哥身子时，却嘀答作响。火星人很快逮捕了他，十六条手臂围着魏哥，如同拘束床。魏哥冲顾曳明傻笑，被上下倒转，从他身上抖落许多细碎响声的东西，有打火机、光剑、炮仗、带齿的飞镖、铁皮酒壶……全部都是违禁物品，在地球上算普通，但在火星却有着极大的危害性。

"嘿，伙计，就走私点儿杂什，干吗就动粗了，"魏哥口里骂得狠，手上却老老实实地就范，"这可都是火星人喜欢的地球礼品，我就算是圣诞老人，送点儿爱心怎么了？"

火星人讲了些听不懂的话，把他带走了。

顾曳明看着那顶座位上放着的红色棒球帽，把屁股挪远了，省得沾上边。他听到魏哥说圣诞老人，遥望舷窗外即将着陆的火星表面，才意识到，那圆滚滚的樱红色星球像极了圣诞老人的大红皮囊。

顾曳明跟上其他乘客，换乘火星天梯，下降，穿过一道道卡其色和鎏金色的大气层，终于看到了橘红的大地上那些密密麻麻的建筑。

火星最初由人类殖民者开发，后来有了橙色革命，火星原住民取得了自治权，与地球独立开来，成为地球的自治省。

由于人类殖民者的过度开发，火星省的省会满目疮痍，荣耀城也暗淡无光。如今荣耀城的繁华，多半来自火星人的努力，他们在废墟上打造了新城，原本的采矿业转变为粗加工行业，又继续辐射，变为深加工。荣耀城改变命运，升级发展服务行业，至今已然成了绚烂的娱乐城。走在荣耀城的大街小巷，可见到无数宣传牌，都用中英文写着"荣耀归于火星"，似乎在昭告地球人，这座城市如今的繁荣和地球人无关。

远看荣耀城，就像一张透着丝面质感的绫罗绸缎，那里配备了各种消遣娱乐的设施，专供人类宇航员和近星球旅客使用。从红灯小巷到太空拉斯维加斯，从买醉酒吧到证券交易所，从星辰占卜到核量子设备超市，面面俱到。这里是太空牛仔和星际远征舰队驻足停港的中转站。

它的崛起得益于地球对于加工制造业的迁移，再经火星人的规划，进而发展出周边服务业。除了火星，月球也曾作为人类的加工车间存在于世。人们靠着火星的廉价劳动力和丰富的本地资源，创造了火星一段时间的经济辉煌。

稍微有点远见卓识的火星企业并不满足于此，他们谋求转型。而顾曳明此次应聘的火星玩偶公司，便是这批改革先兵中的一员。正因如此，这家公司才赢得了顾曳明的好感。当然，欣欣向荣的企业，也需要像顾曳明这样的新鲜血液。

顾曳明接触到了火星地面，握起一把土，全是棕红色的，还染红了指甲，里面含有丰富的铁元素。可见，这里的采矿业与铁有着密不可分的关系。

　　他坐上了悬浮飞车。司机是本地人，用一对手开车，一对手织毛衣，一对手玩手机，还有一对手在做些外包手工，赚点儿外快。

　　顾曳明不想和司机交流，他们要么是不停聒噪的"喷子"，要么是沉默少言的"愣子"。乘客问上一句，得来的要么是无尽的吐槽，要么便是长时间的冷漠。

　　汽车显然是人造的，车饰有如来佛和十字架基督，不用问火星人的信仰，他们没有信仰。如果说有，也许是圣诞老人，因为它已经成了火星的吉祥物。

　　司机载顾曳明离开了荣耀城，他有些纳闷，居然驶向了偏远的城郊地带。放眼望去，一切美好的幻想，都因周围环境的转变而化作泡影。

　　车子出了荣耀城，再没有了现代繁华城市的荣光，扑面而来的是一座座废弃工业区，一些构造奇特的外星残留物件。废弃物有些飘浮在半空，呈现不规则放射状，而另一些则没入火星沙尘暴中，杳无人烟，十分荒凉。还有太空殖民时代的飞船残骸，在沙丘里露出半个身子，仿佛太平洋沉船。

　　顾曳明不敢想象，他要去的公司会坐落在这种鬼地方。

　　但车子真的来到一片竖有简陋铁丝网的旷阔地带。地上没有任何建筑物，只有门口一张喷射着电火花且摇摇欲坠的招牌，上面书写着如同韩文一般的火星字，下方一行中文小字："星际火星玩偶公司"。

　　很显然，这家公司背后的大股东是中国人。这也解释了为什么招聘方会青睐顾曳明，而不嫌弃他的工作经验。

2

　　顾曳明失望透顶，以为眼前这家公司已被夷为平地，因为在地平线之上，根本没有任何大楼或厂房。他带着疑惑，往前走，发现了地上的一个窨井盖。盖子上画着"进入"的标志，有股陈年的铁锈味。他在盖子上面踩了一圈，制造出刺耳的哐当声。

　　井盖缓缓打开，里面爬出来一只个头硕大的"红蚂蚁"，是火星人。他伸出手掌，上面有五根触须，没有什么表情，黑色的虫眼睛里都是迷茫。过了片刻，火星人对顾曳明说了一通话，声音如同下水道污水漫灌的声音。他看顾曳明没有任何反应，才意识到顾曳明没学过火星语。

　　火星人二话不说，关上井盖。顾曳明等了片刻，井盖再次打开，火星人递给他一个透明罐子。顾曳明接过罐子，摇晃几下，里面出现了几条恶心的粉红色线虫。这就是翻译线虫了。顾曳明知道，为了和这些同样恶心的火星人打交道，他必须委屈地接受翻译线虫的寄生。

　　顾曳明打开罐子，将罐子开口对在鼻子上，三条滑溜溜的虫子顺着他的法令纹爬到鼻孔边。虫子一头猛扎进鼻孔，就像穿针引线一般，直透他的脑门。顾曳明别提有多难受了，如同癫痫缠身，他的头有一瞬间不再属于他，而是被寄生虫控制。

　　紧接着，他的认知域里面注入了大量火星人的语料库和语态情景激发酶，当他重新看向招牌上的火星文时，他感觉天然能够领会其中的含义，就像从繁体中文里能够自然联想到其简体文字的意思。

"来者是应聘策划专员的顾曳明吗？"那个红蚂蚁火星人严肃地问道。

顾曳明甚至能够读懂对方节肢动物脸上的表情，还有那些胡乱挥舞的手臂和触手中蕴含的肢体语言，仿佛先天便能领悟，这得归功于翻译线虫对他语言中枢的加持。

"是的，你怎么称呼？"

"叫我陀螺，我是你的薪酬总监，现在要带你到厂房里逛一圈，介绍一下本公司的情况。还会安排一次简单的职业培训。此后你有三个火星月的实习期，看你是否能够胜任此项工作。"

顾曳明便和陀螺一同下井。窨井盖里面是深邃的管道。此刻，顾曳明以为自己即将成为矿工，而不是什么高端大气的策划专员。同时他有幽闭恐惧症，报社那种格子间都能让他喘不过气来，何况这勉强跻身的地下工厂？

陀螺总监用他的手指着四面八方各个角度，然后说："那是我们的流水线，参照人类几个世纪前的工业模式打造，是不是很酷？"

顾曳明不敢发表言论，那些流水线在他看来真的是垃圾。别说已经废旧生锈，哪怕就款式而言，也足够让参观者无语。

"我们进料车间在那边，那里是压膜机床。我们有大量廉价的火星劳动力，他们从事拼装、分拣、包装、上货等工序。"陀螺指着脚底下的透明窨井盖说道。顾曳明这才发现，那下面密密麻麻的都是透明窨井盖，每个里面刚好容下一个火星人，委屈绝望地用浑身的触手在忙碌着。

幸亏这帮火星人的手艺精到，足够胜任手工业制造，否则仅仅

依靠他们笨笨的脑仁肯定不能在这竞争激烈的市场中谋生，他们一身的触手也正是造物主对他们的命运安排。

不过，这里更像是监狱的劳改现场，而不是什么制造工厂。

顾曳明站在一个仅可立锥的地方，问："你们的股东是中国人吗？"

"是的，你应该为此而骄傲。"陀螺眼珠子里闪出光彩，流露出对地球文明的向往。

"我们中国很久以前也是工业制造大国，所以骨子里懂得制造业的心酸。"

陀螺总监对于顾曳明的说法并不赞同，这从他翘起的虫类胡须中可以看出，但是他也不得不承认一些事实，发出咕哝哝的声音："所以公司的少壮派想搞转型升级。"

"这挺好的！"顾曳明点头赞同。

"但那样会抬高失业率，像我这样的老员工也会被裁员。"陀螺的十六根肢节抖动着，仿佛皮皮虾蜕皮。

顾曳明不再说什么，公司里多的是这种危机意识，且他不能急于表明立场，在少壮派或在这般元老派之间选边站。他还在考核期，而且这位薪资总监的职责就是绩效考核，他必须稳住对方，不可轻易得罪。

"你们这里是民营企业对吧？"顾曳明问。

"准确来说是家族企业，老股东因为兼任比邻星宇宙规划局的老板，精力有限，干不过天通星人，所以去年操劳过度，无疾而终。他留下的资产分给三个儿子，其中一个就是本公司的年轻掌舵人华董。"

"此人如何？"

"年轻气盛，想法超前，干事不计后果。"

顾曳明喜欢这种角色，只要不是像地球联盟日报社那样的养老单位，在他心里，怎样都还算过得去。

顾曳明和陀螺又参观了公司的产品车间，那里堆放着已经封装好的圣诞节礼物，有十五大系列，三十多个精品子类，产品覆盖整个地球市场。

"这个行业很小，本来也没有竞争对手。但是因为一家分作三家，所以我们三个子公司其实是在内部竞争。为了提高竞争力，获取收益，新董事长希望能在产品研发上有所突破。"

"所以才需要招聘策划专员？"

"而且一定得是地球人，因为你们最了解地球人。哎，这个市场不好做，受限很大，圣诞节只有地球人才过。再说了，现在的孩子都不太相信圣诞老人的存在，我们的 IP 很快就会迎来一次天花板。"

顾曳明看了看那些包装盒里面的玩偶，发现原本是人类形象的圣诞老人，现在全部替换成了火星人造型。可问题在于，这些火星人也并非眼前这样的十六条腿的红蚂蚁火星人，而是几个世纪前的经典外星人形象——两个蛤蟆般的大眼睛，小鼻子小嘴巴，后脑勺永远像注水脑子那样鼓胀，身体小巧而消瘦。

"为什么你们的圣诞老人都是小绿人形象？你们树立的 IP 不是应该用真实的火星人来做圣诞老人吗？"

"是这样的，其中有一段往事。当时玩偶公司初创时，老董事长为了将营销合理化，把圣诞老人转化成了火星人，这样就给火星工厂打造了一个无人能够占用的 IP。但是在选择外星人形象时，策划部陷于两难。若是按照火星人应有的相貌，孩子们根本无法相信那是外星人，他们会嘲笑说那是八爪鱼、蜈蚣、皮皮虾或者臭虫。他们的想象力还局限在太空殖民时代之前，教科书也没有纠正外星人的形象，依然停留在 20 世纪 40 年代人类的想象力那里。有鉴于此，为了营销更顺畅，策划部选择了保守的经典外星人形象，而不是实事求是。"

顾曳明从中发现了商机。他想着，若要和其他两家公司竞争，首先产品就要有足够的新意，另外还要找到准确的定位与合理的商业逻辑。

接着，陀螺带顾曳明去往办公室。陀螺停下后，顾曳明看到，那个办公室是一条数百米长的隧道。

感受到顾曳明的迟疑，陀螺解释道："这就是你的工作通道，是按照火星人的身材设计的。当时没有考虑到会有人类过来工作，所以只能委屈你了。不过我看咱们的身材差不多，应该勉强可以凑合。"

凑合是什么待遇？顾曳明不敢想象其中的煎熬，以前的格子间都让他窒息，这种井底之蛙的空间更加令人不适。他想提意见，但是最终还是封住了嘴，不能把抱怨说出来，毁了别人对自己的第一印象。

顾曳明纵身钻进隧道里，感觉一股失重之力托举着他，使他的身子不至于和洞壁紧贴。

洞壁上面有圆弧形的操作屏幕，那里是办公区；再往上一段是休息区，可见被子和枕头；再往上飘去，那里是洗漱区，包含马桶和洗手台。

但那马桶只是一个不大不小的坑，因为火星人的排泄口是一个管道，可以直接插入。但人类可做不到，这一点必须向相关部门反映。

想来这些火星人在这样的隧道里也并无不适，毕竟他们原本就是地底的生物。远古时期，他们用身上的触手挖洞，开凿隧道，以此躲避地表外的恶劣环境，尤其是火星沙尘暴。

人类殖民者入驻火星的十年间，都不知道地下有火星人。直到采矿机器人挖出一个庞大的隧道群，隧道中生活的那些火星原住民才为世人所知。他们可以一直待在洞里面，无须出来活动。可见，隧道对于他们而言，不仅仅是个住处，而是容纳整个人生的空间。

次日，火星运行到了近日点，温度很高。隧道没有降温系统，火星人对温度不敏感，顾曳明却热得不行，对这份工作的热情度又减弱了几分。

这天，他被带到了总经理办公室。总经理也是火星人，只是长相更加臃肿，身段上的肢节更多，那是有福之人的相格。

总经理的触手在两侧来回抖动，碰撞出如同涟漪一般的节奏。顾曳明读懂了这套复杂的肢体语言，因为陀螺告诉过他，中上层老板都喜欢学人类颐指气使，所以经理不会发声，只会对他打手势，以此凸显老板的派头。

顾曳明看完手势，于是回答："还好，只是马桶有些不好用。"

对方再次打了手势，造型那般熟悉，顾曳明想起了摩拳擦掌的苍蝇。

顾曳明回答："我觉得从产品入手，最好采用火星人的相貌重新定义圣诞老人。"

总经理有了明显反应，脸上的触须交织成倒八字，那表示他带有些许忧虑。

"好的，我会先做一个策划案。重新定义圣诞老人有一个好处，我们可以借此戳穿其他两家公司的营销骗局，还人类儿童一个没有欺骗的童年。"

总经理那颗小巧的脑袋瓜子咔嚓一声，没有很清晰地领会顾曳明的策略。他寻思良久，口器呈现涡轮状旋转，那代表他正在开动脑筋。他就像一个被难题困住的小学生，花了很长时间才理解了其中要义。

总经理脸上的器官全部展开，他很高兴，然后破例用火星语说："你们人类是宇宙间最有想象力的文明，所以地球才能跻身于十大星际联盟常任理事星球。我赞成你的创意，不过策划案还是要写出来，给上层董事会审议，毕竟你的策划很大胆，我个人做不了主。"

不得不说，总经理总结得到位。人类虽并非宇宙中最快最强的文明，也并非管理最严密的文明，但是人类敢于想象，预设未来，用画饼充饥的执念熬过低潮。就这点而言，没有任何星际文明可以媲美。

顾曳明回到隧道办公室后，抓紧时间工作。火星人的电脑同样参照地球电脑来设计，只是屏幕和鼠标一共有八个。火星人的脑子可以并行运算，操控十六只胳膊，同时使用八台电脑。顾曳明没这个本领，他只能选用其中一台电脑。

此时，他才发现，键盘呈圆环状，围绕隧道的内壁安置，一共有九十多个按键，并不好用。他如果用火星文书写策划案，就势必要在圆环状键盘中找到对应字母，得花不少时间。

幸好火星文不像泰坦星文那样，维度超越了他的认知域，火星人和地球人都使用线性文字排布法，只是火星文如同古文一般竖排，以此配合他们纵向分布的一列手臂。

顾曳明咬牙切齿，艰难地码着字。在他头顶的隧道分支窗口里，忽然冒出一个人头，那是另一个火星人。

顾曳明本来就有些脸盲，看着这些长相相似的火星虫子，他更是难以区分。好在翻译线虫改造了他的认知域，否则他肯定不能认出不同的火星人。眼前这个火星人比陀螺更瘦些，外骨骼也要暗淡得多，相比年纪在陀螺之上。

对方的口器发出咯吱咯吱的声响，如同一只大蟑螂在磨牙切齿，语气不善："嘿，新来的，进来也不到我这儿报个到。"

顾曳明闻到了对方散发的信息素，那是从他腋下释放出的一股难闻的臭芦荟味道，那是火星人的另一种语言，也是进化最初阶段的语言形态，后来火星人才逐渐进化出了手语和微表情。而声音、语言和文字则来自人类殖民者的驯化。

怪味所体现的是一种情绪，顾曳明知道对方处于生气状态。

顾曳明反问："你是哪位，陀螺没有介绍你。"

那个火星人的五官凑在一起，怪味儿更加浓烈，还有阵阵酸臭，表达强烈的不满。

"我是你的前辈，我叫扳手，是资格最老的员工之一，原董事长一手培养的策划专员，现在由我来带你度过这段漫长的试用期。"

"可是陀螺没有交代此事，我只需要向他汇报即可。"

"新来的，你得清醒点，别敬酒不吃吃罚酒。"

扳手身上的气味多了一些焦躁感，里面掺杂着威胁和压迫。

顾曳明从来没有怕过和自己同级的人，他只对上级负责。虽然在报社总是委曲求全，但怕的也是主编大人和老板。

现在，顾曳明还是得尊重一下公司里的老人，便问："那你有什么要交代的？"

"首先你的一举一动都要征得我的同意，你的策划得由我过目，且不可越级汇报。"

"如果我做不到呢？"

"在这里，我比你熟。你是活在箱子里的人类，我是隧道里攀爬的虫族，仅仅这里迷宫一般的隧道就够让你受的了。没有我作向导，你连路都不会走。"

"仅此而已吗？"

扳手不敢相信顾曳明还敢顶嘴，信息素中透露出一丝惊慌，以猫薄荷的味道呈现。他说："办公室里讲的是人脉，你得学会周旋。各个部门和班组里都有我的人，你走得出隧道的迷宫，但走得出人脉的迷宫吗？"

顾曳明以前的报社里，虽然也有办公室政治，但是格子间门一拉，各干各的，关系也谈不上多么复杂。但在这里，办公室活像一座庞杂的蚁穴，通道之间错综复杂，如同信息之网。可见其中员工的关系也必定盘根错节。

"这么说来,我还真得请您引一下路了。"顾曳明马上改变态度,恭恭敬敬地说。

对方气味很快就转为甜腻,有点得意:"这么快就想通了,可见你们人类并不蠢!"

"你们火星人也不赖啊,受人类殖民的几百年来,已经将我们的精髓都学过去了,例如人际关系的复杂性。看来关系学并非人类的专利,放在宇宙太空也同样适用。"顾曳明送上廉价的赞许。

扳手脸上的纤毛炸开来,发出一阵大笑,心满意足地藏起脑袋,离开了。

顾曳明已经打定主意,不和这些办公室油子正面冲突,但也绝不受他们的牵制。只要有一次被他们牵着鼻子走,这一辈子便都得低头做人。

他需要把策划案写好,让上面的华董垂爱,那便如同有了尚方宝剑,有了坚实的保护伞,再复杂的办公室人际关系也能被击碎。

到了吃饭时间,顾曳明却没有等到饭堂打铃。火星人的饭点比较迟,直到两个小时后,陀螺才走到他的隧道里,带他去更下面的洞窟吃饭。

那里气压更低,氧气含量少得惊人。顾曳明喘着粗气飘下来,听到那个四壁滚圆的巨大洞窟里发出排山倒海的蟋蟀声,诡异如寒气渗透骨髓,与他的肌肉共振,让他不寒而栗。他起初以为是地底鬼魅出没,却发现那儿聚满了火星人。他们如同红蚂蚁一般爬满四壁,稠密得相互堆叠,看得人鸡皮疙瘩都起了一身。顾曳明听到的声音，是这些火星人正在用口器咀嚼着什么发出的声响。

陀螺介绍："这就是大食堂，我们在这里进食。"

顾曳明算是明白了，这火星人虽然已经进入文明阶段，经历了人类当年的工业革命，但就本质而言，他们仍然是虫子。从进食方面可见，生活习性没有跟上文明的进程。究其原因，火星人是被人类文明拔苗助长的产物，他们的根还扎在地底。进化并未取缔他们的原始本能，他们甚至没有使用任何餐具，食物也未做加工。

"等等！"顾曳明的肚子因为胃酸过剩，噎了一口酸水，极度反胃，"他们吃的这些确定我能吃吗？"

"华董也是地球人，他也吃这些，何况我们火星地底也没有出产人类食物。"

"水培农场呢？"

"那都是荣耀城里专供人类旅行者享用的特餐，我们这里的工作餐就这些。"

顾曳明看到，一些如同凝胶状的墨绿色物质从四壁的缝隙里渗出，一个火星人把口器对过去，狼狈地吮吸；另一个火星人不顾别人的阻挠，也把口器对过去。两人抢着食物，旋即又像接吻一般共饮甘露。

顾曳明俯下身，学他们一样，把脸靠在地上。绿色的黏液像水珠一般扑面而来，他吸了一口，艰难地下咽。幸好，他没有吃出任何味道，虽然并不算好吃，但已经算是万幸。

"所以这些绿色的东西是什么？"

"成分不好说，不过洞窟里有一套资源循环系统，会将管道里的排泄物提炼成这些食物。"

顾曳明的腹部一紧，把刚才的东西反吐出来。一群毫不顾忌的火星虫子从四周爬过来，疯抢他的呕吐物，那一幕简直比恐怖电影还要令人作呕。

最后顾曳明还是回去吃了一点自带的干粮，并打算去荣耀城买点能吃的东西。

这件事让顾曳明反感。一来是食住待遇特别差，二来他作为高等文明的代表，也看不惯劣等族类的那些行为。这破公司怕是也待不久了。

顾曳明写完了策划案，扳手就出现在他身后。这个火星人想要看一眼策划内容，如果不符合他的意图，就打算强加干预。

扳手说："我虽然闻不到你身上的信息素，但是我猜测你已经完成了策划案。"

"我希望完善一下再给你看。"

"你大概不会对现有的计划造成太大改变，影响我们的既得利益吧？"

"应该不会。"顾曳明觉得对方读不出他的谎言。

扳手退出隧道。顾曳明叹了口气，并立即呼叫陀螺。

陀螺在通话端口发声："有什么事？"

"我想找华董，策划案做好了，但我不知道他的办公室在哪里。"

"先别急，你不必直接找他。我们改天安排一次路演，你把策划内容跟董事会的成员讲一遍，大家举手表决。"

"能否快点？"

"怎么了，这么急，还是出了什么问题？"

顾曳明不想把扳手盯梢的事情说出来，毕竟他不知道陀螺和扳手的关系如何。在这个陌生的人际环境里，他如履薄冰。

"没有，只是性子急！"

过了好些天，陀螺依然没有消息，而扳手又来了几次。实在无法拖延下去了，扳手发现了端倪，即便脑核不大毕竟也不是傻子，这一来一去地还是看出了顾曳明的心虚。

扳手准备给他点儿颜色看看，便找了提供氧气的后勤部门，降低了顾曳明隧道里的氧气含量。他睡觉时不断咳嗽，才意识到这里的通风出了问题。他一个按键汇报到后勤，得到的却是冷言冷语。

然后是间歇性断电，让他没来得及保存的资料瞬间消失。还有排泄口的闸门总是打不开，他憋了很久，无奈只能找隔壁隧道的洗手间。而那个洗手间已经被人遗弃了很久。

顾曳明总结了遇到的这些糟糕情况，毫无疑问他被人整了。这个人肯定是扳手。

得到陀螺回复的那一刻，顾曳明仿佛抓到了救命稻草，又或者是反戈一击的机会。陀螺通知他到 T982 会议室汇报情况，然后就挂了电话。

顾曳明只记住了这个编号，但是具体在哪里却根本没有概念。火星虫族靠遗留在隧道里的信息素来定位，他们能够在复杂的隧道里找到指定地点，因此也没有留下任何地图。顾曳明只好硬着头皮爬出办公室，先是来到公共隧道。但这里每走一步就有一个分叉，分叉上也没有指示牌或导视图，他只能遇到一个火星人便问一下路，又靠着他们打结的手臂模糊地判断下一步往哪走。

有趣的是，火星人指示方位时，他们所有的手臂都会同时指向四面八方，就像一个多向指示牌，顾曳明只好再问他们是否是其中一个方位。

顾曳明想起了扳手的话，这里确实如同迷宫，他也不知道那些指路的外星人是否与扳手是同谋，正把他引向错误的方向。

如若说冤家路窄最适合发生在隧道里，那么此刻顾曳明迎面撞上了扳手，可不就是冤家路窄吗？

扳手很气恼，他散发的气味令人窒息："我听陀螺说了，你要把策划案提交给董事会，如果真是那样，你可真不叫人省心。"

"你想和我打一架吗？"顾曳明被复杂的道路烦得要死，语气就有点不耐烦。

"哈哈，知道我为什么叫作'扳手'吗？"扳手说着，就展开口器，露出左右上颚，如同钳子一般开合，发出外骨骼摩擦的声音。

顾曳明很清楚，对方要用口器咬住自己的脖子，然后像扳手那样把他的头掰过去。

"难道你敢动真格？这里没有法律吗？"顾曳明质问。

"笑话，我们是虫族，要法律干什么？"

顾曳明想掉头离开，但是他这才意识到自己的身子刚挤在隧道里，根本无法回身，只能不断向前，而前方已经被堵死，一个"扳手"正向他耀武扬威。

他只好往后倒退，速度却慢得出奇。对方却不慌不忙，十六只手臂加上八十只触手在隧道四壁紧紧贴合，游刃有余地穿行于其间，随时都可以扑到顾曳明头上去。

顾曳明想到一个蠢办法，他双手一推，把自己往后弹射，快速移动了数米。对方依然不紧不慢。顾曳明旋即一鼓作气，如同枪膛上的子弹般飞过来。幸好此时右边洞壁有个分支隧道，他把头伸进去，用双手使劲攀爬，速度比刚才快了许多，简直可以匹敌雪橇运动员。但是后方的扳手淡定地笑着，顾曳明已经是待宰的羔羊，逃不出他的掌心。

比起打斗，顾曳明只有两只手，根本不是扳手的对手。比起速度，他作为一个习惯于在二维平面上奔跑的人类，也无法在一维的隧道里占到任何优势。长远来看，他必然会被扳手抓住。

这一刻，顾曳明深知人类不适合与火星人共事，人应该活在他适合的地方。是淡水鱼就不应该跳入大海里，是浅滩的小鱼小虾就不应该翱翔宇宙。

扳手等他往前爬得筋疲力尽后，方一发力，弹射而起，瞬间滑过隧道，把前面的顾曳明往前撞飞。顾曳明在弯角处碰壁，撞得双手抱头。一股黏糊糊的东西流出，他摸到了脸上的擦伤和血迹。

扳手缓慢靠前，得意说道："现在后悔了吗？我早就警告过你，可你依然不肯放下人类的傲慢。"

顾曳明眼看他的口器就要夹到自己的脖子上，正要求饶，忽听到后面一股疾驰的旋风声。

一个螺旋状快速飞驰的物体从旁边的隧道出现，就像滑膛子弹沿着膛线旋转，正向着扳手而来。

扳手没有来得及反应，便被那东西戳中腹部，整个人蜷缩起来。幸好外骨骼保护了他的内脏，否则这样的撞击足以将他切成两段。

那个旋转体降低转速，原来是顾曳明的薪酬总监陀螺。

扳手蜷着身子狼狈地离开了，没有吭一声。

陀螺转得有些晕，但是还能说得出话："董事会等你等得不耐烦了。"

"抱歉，被人拖了后腿。"

"我会和董事会解释，只是你现在得立即赶过去，否则事情就黄了。"

有陀螺带路，顾曳明很快就来到会议室。进门才看到，这个所谓的会议室其实是四面环绕的蜂巢，董事会的成员们像蜂蛹一般待在六边形蜂房里，有些甚至是倒挂的。

看待遇，倒挂的应该是小股东或中上层老板，而且清一色都是火星人。

只有几大股东坐在会议桌旁边，位于中央的有两位董事，其中一个显然是人类，那便是华董。

另一个是天通星人，他身高三米，耳朵像精灵般竖起，通体质感犹如天青色的汝窑，容态极为端庄儒雅。他们没有明显的嘴巴，不需要像火星虫族那般咀嚼和消化食物。据说他们吃人的灵魂，像摄魂怪一般。但那只是谣传，实际上他们吃等离子食物，通过皮肤来吸收。

天通星人的脸上没有其他器官，仅仅长了三只眼睛，里面透出绯红。其中额头上的眼睛尤为锐利，据说可以通神，所以他们一族才被称为天通星人。

"开始你的路演。"华董说这句话时，没有把顾曳明当作自己的族类，给予特别的眼神关照。顾曳明却因为见到同胞而感觉格外踏实。

顾曳明没有什么演讲才华，且刚刚受到惊吓，双手发抖，开场白语无伦次，一如车祸现场。但是，这帮董事会大佬不看重表面的东西，而是把精力都集中在了顾曳明的路演屏幕上。

他的想法说来很简单，就是把火星人的真实情况与圣诞老人进行关联，把圣诞老人进入烟囱送礼物的画面与火星虫族钻隧道的特性结合，圣诞红与火星红结合，由此加强圣诞节与火星的关系。

虽然道理很简单，但确实令人耳目一新。

顾曳明继续讲，希望公司可以搞一个活动，将运货的飞船改造成雪橇车，像快递员一般在圣诞夜给每家每户的孩子送上大礼包。

董事会依然没有发表意见。

顾曳明还展示了他设想中的圣诞老人玩偶形象，一个真实火星人的形象，很有卖点。

最后他抛出了相关研究数据和方案的可实施性报告，同时把背后的策略也一并讲了出来。当他说这个方案可以挤占其他两家公司的营业份额时，华董似乎眼前一亮。

天通星文明是宇宙间最具有老板才能的文明，天通星人似乎也对此有一定兴趣。只是顾曳明暂时无法读出这种生物的微表情。他也许并没有性格上的破绽，否则也不可能成为老板型的独特物种。

顾曳明离开后，董事会依然不做一声，直接进入闭门会议。

等总经理出来后，他把结论告诉陀螺，陀螺再转告给顾曳明。

"策划案通过，经理会派行政部、市场部和产品部全力配合你的计划。记住，方案再好，实现起来也不是容易的事，落不了地的话，责任还得你承担。"

陀螺并没有表示祝贺，这事儿和他没啥关系。

整个执行与生产的过程中，扳手没有再找顾曳明麻烦，但是平静反而更令人不安。

5

扳手借口请假回家，游走于火星近地表空间站，他身下的火星如同橘子般悬挂在深空之中，一架曲率飞船出现在窗外，如同流星划过。

飞船里吐出一艘探测器大小的飞船，缓慢推进过来，与空间站的气密门对接。卡口铆合，舱门洞开，一个浑身裹着鳄鱼皮的小巧的生物走出飞船，来到扳手身边。

这个只有猫科动物般个头的小家伙长得一脸狠劲，甚至可谓野蛮，如同维京海盗，或者荒野猎人。这个身材掩盖了他凶残的本性，脸上带着仿佛邪恶小丑的微笑。

小生物后面带着一名身材魁梧的机器人，看似保镖，实则是他的翻译官。

小生物只发出一声："咻——"

大个子翻译道："外面把守得紧，整个银河系都在限制我们泰坦星人。如果今天你不能带来什么有用的情报，这趟交易的风险成本就算你头上。"

扳手表现出一阵轻微恐慌，却依然克制情绪，毕竟和黑道势力打交道需要几分勇气："冥将军不要着急，我献上的大礼足够您受用。"

泰坦星的小生物说："嘶——"

翻译官说："战事吃紧，你们遥远火星上的一个小职员，有什么大计划值得我亲自过来领受。我权当是来一趟太阳系找碴儿，如果你拿不出什么像样的东西，我就只能拿你做炮灰了。"

"大人可听过地球人的一句俗语：千里之堤，溃于蚁穴。如今我们火星是地球的加工厂，我等火星蝼蚁正是千里之堤上的一个突破口，口子虽小，却可颠覆时局。"

冥将军挪动他的小身子，竖起如同两栖类动物般的背脊鳞甲，那是兴奋的表征。

"嘻——"

机器人翻译道："你们虫族跟着人类混了这几个世纪，终于还是学到了点儿东西，阴谋诡诈的那一套。"

"人类善于此道，现在我们却要反治其人之身。"

"呼——"

翻译："你们需要索奥大帝为你们提供怎样的协助？"

"我们公司最近在生产一批新玩偶，人类过圣诞节平安夜时会收到这份礼物。"

"所以这是要干什么？"

"我们是地球的加工厂，进出口产品的检验检疫相对松一些，我想您应该有东西想要借助这趟运输送给地球人。"

"我们有一堆漂亮的核弹想送过去，他们会喜欢吗？"

"别这么张扬，只需要一点点东西，而且最好可以嫁祸于人。"

泰坦星人毕竟还是少一些谋略，只知道使用蛮力，冥将军并没有想到十全的策略。

"你们的邻星可是温吞星？"

"没错！"

"他们特产一种矿石，用于制造简陋的桶硝武器。这种矿石对温吞星人毫无害处，但对人类却极其'友好'，而且只要在包裹上加一层隔离膜，就能逃避检验仪器的筛查。"

"很好，这方法一石二鸟。那么索奥大帝能为你们这项计划提供什么支撑？"

"你们只需要在我们工厂上游的原材料供应链里掺杂这些矿石物质即可，含量无须太多。"

"你们的供应链在哪儿？"

"海王星采矿公司！"

"我得先知道，你这么做出于何种目的？引发质量问题和切断供应链对于你们工厂而言都是灭顶之灾。"

扳手说："我们公司已经一分为三，现在我所在的这家分公司正在走向腐朽。我们元老级的员工一同起义，希望剔除这部分腐肉，然后再投身于另外两家。"

6

　　顾曳明顶了个不小的任务，但他实际上也无须管控太多细节，执行部门会将他的策划案分解成可实施的方案细则。他只需要从宏观角度把控，如同小老板一般跟进各个部门的工作情况，如有不妥之处，立即着手整改。

　　当产品部门将原材料供应企业的名单提交给他时，顾曳明没有任何想法。名单上的采矿企业和深加工企业众多，且分散在太阳系八大行星，数据指标驳杂。顾曳明拿着名单犹如拿着天书，根本看不出任何头绪。

　　当然他也没有权力选择供应链，只是围绕他的新产品，有些材料需要指定新厂家。比如需要的一种荧光物质，得从海王星获取。因为渠道有限，而且距离太远，成本较高，曾经受到董事会质疑。但是华董和天通星人坚持顾曳明的原方案，荧光物质才得以敲定下来。

　　之所以要使用荧光物质，顾曳明是单纯从创意角度思考的，没有顾忌成本和其他商业逻辑。他需要那些在平安夜收到礼物的小孩子们，能在被窝里看到散发荧红色光的火星圣诞礼物。火星在中国古代被称为"荧惑星"，就是因为它荧红色和闪烁的特点。这有助于孩子们建立对火星的情感，并将火星与圣诞老人的 IP 推向商业营销的极致。

　　华董是个有远见卓识的人，看出了顾曳明这个策划方案里的巨大潜在价值，且他一心想让火星人摆脱现有的贫困，从落后的工业区转型为文化创意产业基地。

然而潜在的危险正在悄悄来袭，荧惑之力即将涂炭生灵。

顾曳明看着一车车原材料从遥远的太空运输过来，如同一串珠子，在橘红色的天空中缓缓降落于火星地表。货物逐一卸下，且没有使用机器人搬运工，由火星廉价劳动力将一箱箱材料背进车间。

这一幕那般熟悉，让顾曳明想起了老电影里上海滩劳工的情形，还有西方殖民时期赴洋的华工。他们甩着清朝的辫子，与那工业化的西方帝国格格不入。

如今看来，这一幕历史仍然如同轮回一般在星际间复现，文明的角逐正随着那些工人的一呼一吸显露出轮廓。顾曳明看得心酸，却不知道是为遥远过去的中国劳工心酸，还是为眼前的这些火星虫族心酸。

他们搬运货物到了库房，又由其他虫族接着搬入车间，几名还算健硕的虫族充当工头，用鞭子抽打他们，但并不奏效。对于坚硬的外骨骼而言，鞭子只是隔靴搔痒。因此鞭子里会带有电流，这样劈打过去，除了痛之外，还能刺激搬运工的肌肉，让他们更加高效地工作。

搬运工只是外聘的帮手，进了车间，在那流水线上忙碌的才是所谓的正式雇员。他们在窨井盖里各自组装着玩偶，取模、过水、烘烤、扣合、修边、打孔、穿线、贴标、封装，八条流水线从每个虫子的腹部经过，每秒都有八个物件来到他们八对手臂之间。八对手一气呵成，如有神助，比起机器更加精准，而且极富手工质感，带有手艺的温润，情怀的浸染。当然还有那些已经被蒸腾在外的劳苦、血与汗。

收到礼物的孩子不会知道，那些可爱的外星玩偶是由多少的心酸酿造，他们看到的只有快乐和开心。不过如此也不枉火星劳工们的付出，他们愿意看到孩子们脸上的笑容。

然而，潜藏的危险在这流水线上无形地淌涌着，孩子们的笑容也将最终化作痛苦，从血汗工厂的怨念中注入的痛苦。

顾曳明迫不及待地来到下游，玩偶成品已经走出了标签机，崭新的圣诞老人形象终于从他的想象中变为现实。他拿起第一个玩偶，想起了自己的童年。那时家里不算富裕，父亲给他买了当时最流行的限量版星际拓荒号韦德斯舰长玩偶。神气十足的韦德斯舰长是他仰慕的英雄，也是殖民时代的标志性人物。

他的童年因为韦德斯舰长的激励而与众不同。

他希望这种十六条胳膊的火星圣诞老人形象，能够给孩子们带来正能量。而且他们长大之后会意识到，他们幸福的童年与这些悲情的火星劳工紧密相连，他们将对底层的劳工产生慈悲之心。

礼品被封装在精美的包装箱中，送上由火卫号运输飞行船改装的圣诞老人雪橇。前方一排护航舰队则扮演麋鹿。他们掐准时间，费时两天半抵达地球时，将正值平安夜。

然而这个平安夜注定不会平安。

火卫号在经过危险排查后被允许进入地球大气层，摩擦大气产生的火光十分耀眼，它迫降的尾迹仿若流星。孩子们仰望星空，许下新年愿望。

　　他们被告知，第二天便能收获火星圣诞老人的礼物，那将是真正的圣诞老人。

　　夜晚十二时，从火星而来的运输车投放了大量子飞船，布满全球大大小小的城市上空，夜间记者直播了这一幕，全球浸染在幸福的喜悦之中。

　　这一幕曾经被多少科幻作家用来描述外星人入侵，那么气势浩荡，那么铺天盖地，不知情的人类定会吓得躲进下水道里。然而，媒体把今晚当作圣诞老人的赐福之夜，所有人都放松了警惕，没有任何防御措施，甚至有一半的人类还在睡梦中。

　　谁也不知道，今天一如历史，飞船一如特洛伊木马，危险已经悄然潜伏。

　　子飞船落到不同的城市，又从里面散播出更小的飞行器，飞行器里载着十六名（火星人喜欢十六）快递员。他们穿着喜庆的大红色，加上他们本身的皮肤质感，正如传说中的圣诞老人一般。

　　他们从机舱后面空降，喷气背包载着他们抵达指定的城市下方，普降人间，带着手中的礼物，从各家各户的烟囱里爬进去。他们爬得如此娴熟，如同攀爬隧道，以至于他们以为回到了各自的家。

　　快递员走出壁炉，看到了人类独特的居室。这是他们第一次如此近距离地靠近人类社区，他们是低等的虫子，从未想过会来到人类社会。床上是熟睡的人类孩子，火星快递员把礼物放到床头的圣诞袜里，完成了任务。

　　当他们最后一眼看向这个温馨的人类小家庭时，他们感觉自己在工厂里再苦再累都值得。他们生产的玩偶将会在孩子的童话世界里装点绚丽的圣诞树，这就足够了。

当晚，有孩子看到了圣诞袜里散发的荧光，那般幽深，难以揣测。

次日，更多的孩子心满意足地拆开礼物，新的一天从盒子里蹦出来。

然而，看不见的危险已经从潘多拉的魔盒里释放。

数月后，顾曳明所在的火星玩偶公司因为出色的营销手段，市值飙升，一度打败了由天通星人执掌的联盟玩具总公司，华董家族的另外两家竞争公司已经淹没在了股票的巨浪中，成了即将破灭的两朵浪花。他们的市场份额被华董的公司极度压缩，产品囤积，无法销售。但他们不敢也不能降价倾销，只好在火星的环形山里点了一把火，将积压的产品全部烧掉，足足烧了十多天。在火卫一上都能看到，两条黑烟从火星的脸上划过，一如两行泪痕。

华董的火星玩偶公司入选十大创意公司，华董也被列入《时代》杂志名人候选名单，产品甚至首次突破圈层，受到除地球文明外的银河系其他文明的青睐，也从低端的儿童市场一跃而起，进入了高端创意市场，受到大量成人的喜爱和收藏。

再数月后，那批收到礼物的孩子开始出现厌食、掉发和手指皮肤糜烂等迹象，部分家庭的孩子则查出白血病甚至骨瘤。医院报告显示他们均遭受了镭辐射。

火星玩偶公司的股价急转直下，几乎在一个火星日的时间里，持续下跌至跌停板。起诉书已经拟好，星际联盟司法部门派出了执行单元，数百名机械警察进入荣耀城西南面的火星玩偶公司。

为了避免嫌疑人员从地下通道逃离，他们设下天罗地网，火星人造卫星上的天眼可以穿透地层，拍摄实时动态影像。警察进入隧道后，火星虫族纷纷自首。

他们进入总经理办公室，又闯进董事长办公室缉拿华董。陀螺从隧道里射出来，带着逆时针旋转，击落数名机械警察，但还是寡不敌众，迅速被制服。

华董从隧道中走出来，双手举起，只简单且沉稳地说了句："请先将我逮捕。"

扳手在事发之前就主动辞职去往兄弟公司，早已经和这家公司脱离了关系，他和另外两家公司都不在起诉范围之内。

顾曳明知道这件事最终与他脱不了干系，便准备出去自首，却在通道中遇到了早已等候良久的天通星人董事。

"跟我来，我有专机可以带你离开。"

顾曳明没听太清楚，只觉得天通星人的中文模仿得有些突兀，如同粤语和四川话的混合版。

"如果你还想要你这条小命的话！"

顾曳明没多少时间问对方为何要带自己离开，只好跟随他逃命，毕竟这里的隧道他自己摸不出去。

他们来到了更深的地底。这里氧气稀薄，顾曳明渐渐喘不上气来。天通星人从他修长的手臂里晃出一个金属环，点了几下，一架同样修长的彩金飞船便从发射井里升上来，美到无以言表。

天通星人的科技比人类要先进许多，而且他们以友善和文明著称，是银河系星际秩序的缔造者和维系者。跟着这样的生物混迹宇宙，肯定不会太差。即便做他们身上的一只寄生虫，也能沾染神的荣光。

顾曳明和天通星人靠近飞船，穿过泛着彩色光晕的金属表面，直接来到驾驶舱。飞船随即起飞，速度快到惊人，却毫无晃动。对于坐惯了地球摇摆公交、化石燃料飞船硬铺的顾曳明而言，这种比曲率飞船还要舒服的体验简直令人难忘。

"为什么要带我离开？"顾曳明惊魂初定，这才提问。

天通星人说："你已经走投无路，不如来我麾下做事，你对我很有价值。"

顾曳明曾听职场评级专家说过，天通星人的第三只眼能够看到某人身上的特质，并为自己所用。他们之所以能够成为宇宙最优秀的老板，原因便在于知人心、善用才，被他们挑中的人可都是人中翘楚，业界精英。而且他们也有一套好手段来留住人才，为他们打天下积攒良将。

顾曳明很惊喜，以为在做梦。然而刚发生的事件尚未落幕，这个天通星人要一个犯罪嫌疑人做什么呢？

"当然，并非我需要你，我想将你引荐给我的上级，他是比邻星宇宙规划局的局长，而我则是他的副手。"

三

比邻星宇宙规划局

速度即生命，宇宙即江湖。

——比邻星宇宙规划局 遨雍局长

顾曳明和天通星人来到了离太阳系最近的比邻星。天通星人的星球是位于比邻星引力圈中的一颗气态行星，个头不大，却也有木星体积的一半。它发出蓝紫色幽光，有星环，而且不止一圈。

天通星人的皮肤与这颗星球的色系如出一辙，令人心生幽冷，还有一股不食人间烟火的灵气，如同太空里遨游的海豚。

他们也的确如海豚一般聪明、温驯，乃至高贵，是宇宙文明中少有的崇尚和平与友善的族群。其星球的平和之美给这个暗流涌动的夜色太空点缀了一抹神性的光辉。

眼前这位天通星人名叫千凌，但千凌并非他本名。天通星人会隐藏真实姓名，并针对不同对象生造不同的名字。"千凌"其实来自顾曳明大脑里对这位天通星人的印象，而后天通星人从他的脑子里读出一些信息，并由此拟定了这个名字。

如果这样解释难以理解，不妨设想一个隐藏真实IP地址的用户。这个用户显示给不同人的昵称都有所不同，这取决于对方的设定。

同样的，天通星人还有另一项技能，他们也会隐藏真实性格，对不同人显示不同的特征，以此适用多种交际对象，即所谓的"八面玲珑"。

如果用人格面具来形容他们的这一技能，也并无不可，然而他们所能达到的效果更加出彩。例如，顾曳明眼中的千凌副局长温厚而充满优越感，但是对于凶蛮的泰坦星人而言，在同一时刻，千凌副局长却是个无比狡猾且难以靠近的恶魔。同样一个天通星人，他们可以在和不同人斡旋时，分化出无数个人格，并同时展现于此刻，如同佛的千万亿化身。

这一天赋，是天通星人能掌控人心、驾驭体制的重要原因。

顾曳明深谙其中的道理，所以他永远不知道千凌副局长是个怎样的人，也永远不会知道。他被安置在天通星的一个太空基地里。这个基地呈现完美的球状，通体透明，有一层辉光闪耀，不知情的人会以为那是另一颗星球。天通星人选择在太空基地待着，而不是着陆天通星，因为天通星是气态行星，根本没有陆地可言。

在天通星人退化以前，他们的身上长有喷气式推进翼，犹如火山口的机体组织。后来因为地心引力的急速降低，他们祖先的生存环境发生改变，身子飘忽于大气中，因而类似喷气尾翼的结构也就随之退化并脱落。

顾曳明所处的这个空间是个类似玻璃的彩色泡泡，里面空无一物，他漂浮在泡泡中，找不到方向。

为了安顿惶恐的情绪，顾曳明点开通话界面。即便那一刻他知道长途电话有多贵，但依然打通了他妻子的电话。

他妻子为他现在的处境而着急，语调"急促"，只是她依然改不了语速拖沓的毛病，两个音节之间足有一分钟左右的延长音。一般人听到后，都会以为是电话信号中断的嘟嘟声。但是顾曳明很清楚，这是他妻子的特征。

他认真地听完了对方的第一句话："你——在——哪——儿，还——好——吗？"

他回了句："很——好，在——天——通——星！"

"那——我——就——放——心——了，快——看——我——上——个——月——的——留——言！"

顾曳明实在忍无可忍，不仅是因为对了几句话，消耗了两个小时的长途电话费，还因为他没那个气息和耐心与对方唱长腔。

他点开妻子上个月的留言来听，依然是同一个语速。用软件加速后，声音有点咋咋呼呼的，不过尚能听到那段长篇大论的牢骚：

你走后不久，我娘家那边出现了动荡。倒不是战争已经深入温吞星，而是得知战争即将爆发的消息让他们坐立不安。部落内部的矛盾被激化，他们害怕战事会殃及自身，因而一些部落想与两边的强权交涉，另一些则一味地怯战。甚至有部落已经和其中一方达成了某种协议，各自选边站，相互对垒。如果这样下去，温吞星内部的矛盾将会成为战斗双方矛盾的一个缩影。

顾曳明觉得妻子的话太长，且没有自知之明，录了大半天也不觉得累。

他继续听另一段语音留言：

我从新闻上听到，你所在的火星玩偶公司涉嫌重大事故，正要查封。同时线索显示，人类小孩遭受的镭辐射与温吞星脱不了干系，我们出产的镭矿中具有特定比例的衰变系数，而玩偶里面的镭和温吞星的矿石正好对上。我很害怕这件事会影响我父母。他们后来跟我说，这件事只有采矿业受到影响，其他一切皆好。

还有一段：

今天我父母才告诉我，采矿业受到的市场波动已经波及房地产，我们家有好几栋黄金地段的自建房，一夜之间都贬值了近五成。与此同时豆荚也贬值了，而其他蔬菜价格却疯长。我爸妈哭着对我说，他们已经开始吃豆荚了，因为吃货币比吃蔬菜要划算……总有一天，他们会吃不上任何东西，怎么办，怎么办？

最后一段：

哦哦，还好啦，今天我爸妈开始吃土了。他们发现味道虽然怪怪的，但是吃不死人！

顾曳明挠挠耳孔，脑袋里嗡嗡作响，妻子虽然挺唠叨，但是心眼不坏，总有操不完的心。如若他们俩的对话能在同一个频道上，他会觉得有一个女人在身后随时关心着自己，是一件幸福的事。但因为她是温吞星人，那么这些关怀就会带着漫长的等待。

当他需要安慰和鼓励时，对方并非没有提供，只是等他把身心已经疗养好后，那段迟来的安慰和鼓励才会抵达他面前。有时，他甚至后悔和温吞星人结婚，觉得是这辈子最大的错。

顾曳明在泡泡里晃了很久，脑袋晕乎乎，很倒胃口。他是个不太爱交际的人，身边即使有谈话的对象，也都是外星人为主。越和外星人走得近，便越难融入回地球人的生态圈中。他一直认为自己是个异类，是终究要离开地球，去往外太空的星际牛仔。

他想起那本《致富宝典》，想起了作者韦德斯舰长，便欣然一笑。如今他岂不是也追随了韦德斯舰长的足迹！并且来到银河系最大的部门——比邻星宇宙规划局——上班，在太空中与各大文明共事，谋求致富人生。

2

此时，一个陌生的天通星女子冷不丁飘过来，从顾曳明的旁边掠过，仿佛童话里的小精灵。顾曳明之所以能辨别他们的性别，只是来自地球人的经验，因为对方有纤细的腰身和温柔的曲线。同时，对方淡蓝色的皮肤上带着红晕，皮肤轻薄，血色透染。

顾曳明赶紧拉住奔腾的思绪。他必须认清楚，那是天通星人，这些特征也许只是伪装，是按照人类的喜好变相的伪装，人类不会知道天通星女子的真实形象。

但顾曳明还是忍不住多看了几眼，感觉那名女子像极了高挑的细胎瓷花瓶，那么优雅动人。

天通星女子似乎感受到了他的关注，飘到他面前，和蔼地打招呼："你好。我是耐依，你的同事，你即将加入我们的队伍，成为一名殷勤、忠诚、干练的行政助理。"她的声音甜腻尖锐，仿佛百灵鸟。说话时仪态端庄，富有魅力，甚至诱惑力。

顾曳明摇晃脑袋，想打消不良的念头。对方正在抓住自己的人性弱点，施展妩媚之术。他赶紧抛出一个问题："为什么是行政助理？我不擅长打杂，我以前做的可都是创意工作。"

"这是千凌副局长安排的，不过你别慌，我们会给你提供一个职前拓展训练，帮助你找到这项工作的灵魂，请随我来。"耐依回答。

顾曳明艰难地控制着身体在虚空中漂浮，跟在耐依后面。耐依的后背也很迷人，犹如一条青葱。他和耐依来到另一个泡泡，那里更大，简直与足球场看台的规模相仿。里面漂浮着许多蓝色的小点，他们都是穿着正装的职员。

耐依的笑容以颜色呈现于脸上："我们的办公室和地球的格子间很不一样吧？"

顾曳明竭力寻找不同点，夸张地说："完全不是同一样东西！所谓格子间就是个封闭的小空间，如果没有工作需要，同事也不会和你聊天，相互隔开了之后，人情也就淡漠了许多。这里不同，大家混在一起。但他们这样飘着，能把工作做好吗？"

"我们生来就是漂浮的生物，当然没问题，只是你可能需要一段时间来适应。"

顾曳明刚从火星人的地底隧道办公室出来，现在又要体验虚空飘浮的办公室，别提如何适应了，他根本没得选。不过他一直梦寐以求走出格子间，如今确实实现了，只是又超出了预期而已。在空中漂浮即便自由，但是没着没落、没点儿依靠，也蛮不自在。而且在空中做浮游生物，受到布朗运动的左右，其实也算不上是真正的自由。

"你会喜欢的，凭我对地球人的了解。"耐依信誓旦旦地说。

顾曳明从对方的语调里，读出了这个异性外星生物丰满的内心。他又被迷住了，每一分每一秒都控制不住自己，如同高中时的初恋，又如第一次进入职场时对办公室女同事的倾慕。这太危险了，顾曳明惊觉。他使劲儿晃了一下脑子，把理智找回来。于是只要一心猿意马，他就重复晃脑袋的动作，提醒自己别上了天通星人的当。

"拓展训练是这样的，我们会让这里的同事和你一同完成任务，从中培养你的助理才能。"耐依告诉顾曳明。

"在地球，人们通过空中抓杠、求生墙、信任背摔等无聊的形式来增加团队凝聚力，还把那些叫作拓展训练。所以你们也要带我玩那些吗？"顾曳明问。

　　耐依微笑："没那么煽情，我首先想让你适应这边的工作流程。"说罢，耐依如同蜻蜓一般迅驰飞起，又半空悬停，做了一通手势。两套飞行的办公桌椅便来到面前，她坐上其中一张椅子，配套的桌子就贴在椅子前，让她把双手舒舒服服地搭在上边。

　　顾曳明觉得这桌椅更像是一架蝴蝶飞行器，简约奢华，比起报社带尘的桌子而言，简直不在一个量级上。椅子坐上去的感觉蛮舒服，虽然是按照天通星人的形体工程学设计的，但对顾曳明而言并不违和，反而他短小的身子更容易被高大的靠椅包裹。

　　"你现在要让办公桌椅飞起来，像这样，没错。然后向前移动。"耐依指点。

　　顾曳明没太留意对方的操作，倒是对桌上的一个球形滚轮感兴趣。他握住滚轮，轻轻旋转，整个泡泡办公室都天旋地转。不仅如此，耐依也在他四周旋转，他仿佛成了整个世界的球心，所有同事都围绕着他。

　　当他反应过来时，他才意识到，旋转的不是其他事物，而正是他自己和桌椅。由于失重失去了方向感，没有参考系的帮助，他分不清楚哪个才是运动物体。但身体器官做出的反应还是暗示了真正旋转的物体是什么。

　　"你玩够了我们就开始向前移动。"耐依没有真正生气，只是假装出生气的样子。

　　顾曳明觉得，如果能拥有像耐依这样的行政助理（或者说秘书），该是很顺心的事情。远的不说，耐依在那一站，观者的心情都会好一些，就如同在办公室里养了一株水仙花，格外怡人。

然而如今的现实是，对方不可能成为自己的水仙花，反而自己会成为别人的水仙花。

耐依等顾曳明学会了移动和悬停，便增加难度。

"你看前面同事，他们是其他部门老板的助理。你现在要去与他们会合，交换资料。你们的办公桌要做到精准对接。"

顾曳明花了不少时间寻找她所说的对象，然后艰难地面对面接合，共同悬浮于空间中。耐依的桌子也对上了，远处一看，仿佛两只蝴蝶交配，而第三只前来抢亲。

"这是一次简单的对接，复杂一点的话会有几十个对在一起，我们便以这样的方式开短会，不过扩展练习可以简化一下。"

附近飞来十几只"蝴蝶"，在他们四周陆续接驳上，组成放射状，宛如肽链聚合成特定形式的蛋白分子。与此同时，其他的蝴蝶组成各种不同的形态，造型庞杂、色彩通透，一如海里摇曳的发光浮游生物。

"人类伙伴，我们的会议交流不受语言局限，因为我们是天通星人。"其中一个外星人同事亲切地说。

"是啊，欢迎来到我们的大家庭，不要有排斥感。我们连语言都不是障碍，更不要有情感上的隔阂，我们是全宇宙最善于相处的生物。"

说完，他们自顾自地哼起了曼妙的歌曲，语言来自天通星特有的高频震动，与天籁之音无异，并且还用鱼鳍般的两对大小伪翼和夹翅在空中挥舞。顾曳明恍惚觉得他们是在做公司的热身晨操，那样地沉醉于工作中，没有烦恼，只有快乐。

的确，他们极为友好、团结，充满活力，若不是戴着胸牌，指明他们是普通职员，顾曳明会把他们当作天使来看待。

　　但是顾曳明也看出了一些问题："如果我没猜错，你们这里多半是女性。"

　　耐依近似五官的部位散发出清爽的配色，那代表她正在微笑："是的，因为我们是助理，而我们服务的对象多半是男老板。你懂得，男女搭配，干活不累。"

　　其他天通星同事也应和着，哼鸣着歌儿。

　　耐依把精力转移到工作上来，指导顾曳明："第一个拓展训练就是，在这堆资料里面找到一些联系，帮助我们的老板梳理庞大的记忆库，而这也是我们行政助理的主要职务。题目在各自的电脑中。"

　　"等会，我不懂天通星文字。"

　　"你肯定能读懂，因为我们的文字便是人类的视频。"

　　"图像文字？"

　　"准确而言，是记忆图像形式的文字。天通星人用于交流的文字是视觉化的，即一段截取的记忆片段。当我们需要交换彼此的认知时，便把脑子里的某段记忆打包，用隐形传态的方式递交到对方的头脑中。"

　　"因此你们脑海里的画面无须转化为文字，再由文字唤起脑海中的画面。"

　　"没错，我们没有'中间商赚差价'。"

　　其他天通星人被逗乐了，发出清脆而具有迷惑性的笑声。

　　顾曳明这才知道天通星人有这般能耐，看来人类的语言真是愚蠢而笨拙的存在。人类语言的交流是间接的，如同两部电脑需要用一条数据线连接一般，总会因为电阻系数而耗损掉信息，又或者在传输中被他人截流窃取。

而天通星人实现了意识的远程传输，没有中间跨度，直接而高效，他们的沟通能力因此而无比畅达。这一技能决定着他们天生适合从事政商管理等职务，甚至具备做老板的特质。

"但是为了和其他文明沟通，我们也进化出了语言模拟的机能，可以和所有文明无差别交流。所以，我们也懂语言，只是不被语言局限而已。"

天通星人的超能力如此具有优势，这让顾曳明觉得自己简直是一无是处了。虽然天通星人并不歧视弱者，但是他自惭形秽，缺乏信心，不知如何在这人堆里冒尖儿。别说冒尖儿了，怕是会被自己服务的老板从头到尾嫌弃。

顾曳明自我抱怨道："所以我注定无法胜任目前的工作。"

"别灰心，你肯定有过人之处。不为别的，毕竟千凌副局长相中了你，被他钦点的人自有大用。"

他人评价和自我评价之间有着巨大落差，顾曳明内心摇摆，自信在钟摆的两个极端间找不到平衡，人生的痛苦莫不源于此。

耐依说："那我们开始第一项训练！我已经将这份文件导入了各位的电脑。"

3

顾曳明查看文件。文件的造型是个气泡，在鱼缸一般的屏幕里漂浮着，吐出这个泡泡的那条虚拟小鱼是耐依的账号。他点破泡泡，一股旋涡席卷而来。旋涡中出现的影像，不像是在屏幕上播放的，而仿佛是戴着虚拟现实头盔以第一人称叙述呈现的，如同亲身所见一般。

"这是你们录制好的视频吗？"顾曳明问。

"这是我们一位老板的第三只眼所看到的画面，即记忆。我们的记忆不同于人类。人类的记忆是简单的由概念组成的意向，模糊而抽象，且容易遗忘。天通星人的记忆就像摄像一般巨细靡遗，还可以回放，因此我们的观察力也极强，能够发现被一般生物所忽视的细节。"耐依解释。

"在我们地球，具备超强记忆能力和观察能力的人，正是具备老板能力的人。一是对人脉关系网的准确记忆，二是对当前状态敏锐的察觉和反应。"顾曳明说。

耐依点头："确实如此，我们的老板在这方面比你们更胜一筹，但是……"

另一位同事抢答："但是老虎总有睡觉的时候！"

"什么意思？"顾曳明问。

"因为过多的记忆冗余，也会导致大脑机能的抑制，所以也难免会在一些问题上丢失判断。"耐依回答。

一个男性职员接着说："而我们的任务就是帮助老板检视其记忆，看是否存在一些重大的隐情。"

耐依说："最简单的，找出老板没有做到位的行为，或者被遗忘的细节。"

那位男性职员补充："往复杂里说，我们的检视工作还有侦查作用，找到那些对老板不忠心的人，甚至可能对老板造成危险的人。毕竟不是所有宇宙文明都像天通星人这么友善，热爱和平。"

顾曳明点头，但心里却在摇头："这确实很重要，然而对我这种没有第三只眼的人类而言，简直如同登天。"

耐依扬起她的夹翅，"相信你自己，要不，你相信一下千凌副局长的判断。好了，不扯了，我们正式进入主题。"

顾曳明看着那段记流水账般的"家庭录像"，看着这个永远不会露脸的天通星老板的视野。说实话，看得顾曳明简直有点昏昏欲睡。而周围的同事却无比精神，依然目不转睛地用他们瞪大的三只眼睛在观看，仿佛看到的是一部惊险刺激的悬疑电影，每一帧都有可能冒出凶手或潜在的证据。

顾曳明因为"悬疑"二字，而对视频内容重新燃起了兴趣。他以前和慢吞吞的妻子看煽情电视剧时，对方喜欢把视频放慢一千倍来观看，而顾曳明则像如今这般，半眯着眼陪看，电视里的画面缓慢地播放，仿佛已经定格。

就在这样的长期训练下，他学会了一项技巧，那就是尽量不去看画面视觉中心的事物，因为那是导演故意想要观看者留意的地方。而如果是一部悬疑电影，导演需要隐藏的细节线索必然处于视觉中心周边，也就是电视的四个转角处。

他灵机一动，如受到刺激的青蛙一般，从舒适的座位上弹起来。他盯着老板视野的偏角处看，马上有了耐心。

他寻思着，能够被敏锐的天通星老板忽视的细节，必然不在视觉中心，而在边缘地带。

很快，他便看到了耐依问题里需要找寻的那一帧画面。

在画面右上角，有一个铁桶，铁桶的下方有一个明显的凹陷，离地不过两掌那么高。但是，如此坚硬厚实的钢板是如何凹陷的呢？顾曳明进入了思考。

当顾曳明想要举手示意时，他发现，他的同事们早早就举了手。

"虽然我们的人类同事比我们慢了一个节拍，不过能找到那么小的细节，说明也不算差。"耐依赞许。

天通星同事给予了热烈的掌声，唱起了谜一般的歌曲。顾曳明好不适应，不知是因为得到认可而羞涩，还是因为忽然切入的歌声而尴尬。

耐依的掌声最早停止，又说道："好了，接下来才是重头戏。这个视频是邀雍局长给我的，他要求增加一个任务——找到造成这个凹痕的原因。"

天通星同事们显然被这个问题难倒了，他们低垂下头，各自交换眼神，三只眼睛有些暗淡。

"顾曳明，你怎么看？"耐依喊他的名字时，有点亲昵的意思，仿佛白开水里加了一块方糖。他的名字本身就韵律十足，再加上对方甜到入骨的声调，顾曳明听得浑身像糖饯蜜桃般绵密。

顾曳明来劲了，但还是不敢声张，"那……我尽量试试。"

顾曳明回到视频，定格，放大，估算出了那个凹痕的大小不过是猫爪子的一倍。一想到猫爪子，他便发现，凹陷处貌似有指关节痕迹。

他自言自语："难道是一只小手？"

耐依对这样的答案感到很吃惊，"怎么说？"

"没有啦，我因为猫爪子而联想到了拳头。不过按照这个思路推测下去，有哪种生物的拳头可以让钢板凹陷呢？"

顾曳明摇着头，想把这个思路扔掉，重新再想，结果脑子里冒出一个形象："难道是，全宇宙最凶狠的泰坦星人！"

其他同事被顾曳明的推断能力惊呆，更被这个结论吓住了。

"没错，他们可以做到。生活于致密中子星的生物，他们本身的密度同样很高，别说重拳下去，即便轻轻一捶，钢板也只是豆腐而已。另外，很显然，拳头位置不高，这正契合了他们矮小的身材。"顾曳明化身为一名侦探，把整个猜想用多个证据加以推断，最终令人信服。

耐依很激动，脸上的配色更加艳丽，仿佛刚才是素颜，现在抹了一遍浓妆。没等顾曳明回头，她便用半透明的夹翅抱住了顾曳明。那薄如蝉翼的"双手"没有什么肉感和温度，但是顾曳明全身都融化了，仿佛被天使接引到了天堂。

"你通过了！正如千凌副局长所言，你具备人类最大的优点。"耐依热烈地说。

"什么优点？"顾曳明的回答有些颤抖。他第一次被外星人接触后，有了与地球女性约会的感觉，有了他从温吞星的妻子身上体会不到的感觉。

耐依说："想象力！要知道，天通星人虽然记忆和观察力超群，但是这也局限了我们将具象事物抽象化的可能。我们只关注现实，却不懂得用符号和意象来组成幻想的事物和不存在的事物。我们没有想象力，因此也缺乏足够的联想能力和推理能力。而你可以弥补我们的这一缺陷。"

顾曳明感觉自己又重新找回了人类的自信，上帝造物是公平的，给了天通星人无上的优越感和超凡脱俗的能力，但同时也摘除了他们的想象力。

然而顾曳明也看到，这个如同天堂一般的泡泡里，那些造型美妙的飞行器，它们哪一点不是想象力的化身？于是顾曳明感慨："但是这里的一切都充满着创造力啊！"

同事们笑了，耐依也笑着说："这里的一切，都是由人类设计师为我们打造的，我们有一个专门的设计团队，清一色都是人类。"

4

顾曳明听了耐依的最后一句话，心里不是滋味。既然自己也满腹创意，为何不让他从事设计工作呢？何况比邻星宇宙规划局做的就是星际环境规划、星际交通规划、矿业布局规划、殖民规划等关系长远的行业，对设计人才的需求很大。

对此，耐依给予的回复很简单："你得找千凌副局长问问。"

顾曳明可不想为了这个问题而去请示老板，他怕老板。这个问题若是说出了口，便是怀疑了千凌副局长的判断，同时又显得自以为是。因此，顾曳明只好把疑问烂在肚子里。

耐依因为顾曳明的出色表现，想邀请他参加天通星人的职场晚会，地点位于天通星的大气层附近。顾曳明怎好拒绝，虽然人生地不熟，怪难为情的，但能与耐依一起，再怎么也得去。

他内心的悦动不息止，自从离开了地球，离开了他的妻子，这是顾曳明第一次和女性参加派对，而且是和一位充满魅力的女性。

耐依换了工作正装，穿着一身珠光缠绕的衣服，像裙子又像披风，将她的身材映衬得格外妖娆。而顾曳明没什么衣服，只好穿着普通晚礼服。

"你要做好准备，我们天通星人工作很认真，玩起来却很疯狂。"耐依提醒。

顾曳明点点头，"嗯"了一声，没有别的话可说。

他们来到派对现场，顾曳明却没看到任何建筑物。

耐依指着大气层中的空气，说："对流层，你明白接下来的游戏吗？"

这里的风变得很大，他们飘浮在地心引力之外，快要被吹走。

顾曳明大声问："什么？我没听清楚。"

耐依不再作答，脸上泛起微笑的颜色，手臂一用力，将顾曳明拽到了对流层。一股气流拖着他往下坠落，他失控了，完全没有任何着力点。耐依俯冲下来，顾曳明喊了一声，绝望无助，以为耐依正在实施谋杀。但是耐依也下降到和他同样的高度，再望向四周，大量的天通星人也一同往下坠落，如同战争时的大规模伞兵空降。

顾曳明疑惑地问："我们这是要干什么？"

耐依把脸凑在顾曳明耳边，用那个本应该长嘴的地方对顾曳明说："对流层！"

顾曳明还是不明白耐依的意思，直至他看到，一个天通星人由下往上飞了过来，快要和他们碰撞。那人给顾曳明的第一印象是服务生，因为对方的手里拖着个盘子，上面有各种饮料和甜点。

"先生、女士，你们需要点什么？"在一上一下的对流中，服务生抓紧时间，推销手里的东西。

顾曳明根本控制不住身体，更不敢奢望伸手去拿饮料。耐依轻松地拿了一罐饮料。

天通星人没有嘴巴，耐依拉开饮料罐的盖子，罐子里洒出的等离子物质化作一阵急雾，覆盖着她全身。这便算喝完了。

顾曳明不想考虑其他，只想保命。但是一股反向气流又将他托起，举着他往高处飞。他终于明白什么叫作对流层了。而天通星人所谓的派对，就是在空中飞舞，刺激又美妙。

顾曳明适应了一段时间，才安下心来体会其中的快乐。身边的天通星人唱起了歌，在旋转的气流中，歌声带来空旷灵动的氛围。顾曳明一时间以为在梦中，世界不再真实，而更加迷幻。

他刚从现实的火星血汗工厂出来，又到达天通星的梦之国境，这样的落差一如现在的身体，忽上忽下，又如人生的起起落落，身不由己。

耐依看顾曳明处于沉思之中，便快速飞来，用手抓住他的胳膊。他们旋转起来，旋转中心位于两者紧握的手腕中。

顾曳明被旋得发晕，很害怕耐依一旦放手，他就会被甩出去，忙喊："别！别放手！"

耐依早已料想顾曳明会这么喊，便又将他拽回来，两人抱在一起，如同缠绕的双螺旋，只不过耐依的身子更长而已。

顾曳明的灵魂仿佛被抛了出去。那一刻，他分明感觉到，耐依吻了过来，甜蜜而温热。顾曳明的血液瞬间凝固，堵住了跳动的心脏。他有一阵子简直要窒息了。当他意识到发生了什么之后，他第一个念头居然是懊悔，懊悔天通星人为什么不长嘴唇，而只有一张平整的表面，他轻吻起来等同于亲着人家的额头。

顾曳明的神思这时回到了身上，理智才告诉他，不能接受天通星人的诱惑，他们自带伪装。顾曳明这么一想，耐依的形象立马消失了，取而代之的是他的妻子，那个药片一般的肥胖外星人。他立刻将耐依推开。

耐依神色平静，并未有任何情绪波动，仿佛那个吻已经得逞，这就足够了。

⑤

耐依带上顾曳明，穿过泡泡办公室的表面膜。膜上立刻分裂出一个小泡泡，包裹着他们，飞往天通星的液态氢圈层。

进入液态氢如同进入了水里一般，隔着透明泡泡的表面，看到氢水里各种奇异的生物。它们造型奇异，多有彩色角质膜覆盖，在比邻星光辉的照耀下显得熠熠生辉。顾曳明看到一群类似螺旋桨的生物，大到超过抹香鲸，小到只有头发丝的一半，皆围绕着海流游跃。液氢中还有一些卵泡生物，瞬间破裂，却又迅速构成。顾曳明觉得，它们的生命应该极为短暂，无以领略海洋中的奇光异景。另有一些无法形容的生物，它们彼此差异极大，却互相缠绕，仿佛杂交，并无排斥，皆和谐共处于此，发出低低的鸣叫。

这些仙界生物，令顾曳明大开眼界，同时，他也为在这般极端环境下生物还能和谐自洽而感动。这正合了庄子"相濡以沫"与"相见江湖"的寓言。

耐依看顾曳明如此陶醉于天通星的生物圈，便说道："我们天通星人就是由这些小而美的生物演化而来的，最终从底层液态氢飞升到了上层的气态氢里，如同人类始祖从海洋走向陆地，这是漫长的进化过程，更是一部可歌可颂的史诗。"

顾曳明说："文明的演进都大同小异，但是最终的归属和所达到的圈层却不同。"

耐依感慨："因为这是一个残酷的竞争世界。慢人一拍，或走错一步，就会和其他竞争者拉开距离。这个差距往往很大，正如我和眼前的这些浮游生物的差距一样大。"

他们来到了"水"下世界，液氢的寒冷令顾曳明很不适，幸好泡泡给了他一层保护。泡泡沉入更深，一座气泡殿堂逐渐从幽暗的"水"底浮现端倪。顾曳明仅仅看到了冰山一角，就已经被这座绝大的"海底"城市震慑。

泡泡接近时，它也只不过是掉入大海中的一粒浮尘。

他们进入泡泡城市，来到一座华美的殿堂中，那里是他们公司的行政大楼，类似于政府单位的办事处，但是更像奢华的皇宫。

泡泡破裂，耐依和顾曳明依然悬浮在空中，飘到了大楼里面。面前一道水波泛起，那是大楼的门。他们穿过水波，来到室内，千凌副局长正在汇报，遨雍局长则在一旁的大椅子上就座。

在哪就座倒没什么，但邀雍局长的身材实在是非同凡响。他矮胖得简直是滚圆了，没有一般天通星人高挺的身材。乍一看去，顾曳明还以为局长是温吞星人。

邀雍局长最大的特点还并非身材，他额头上的第三只眼睛尤其特别。这只被一摊墨绿色物质包裹着的眼睛，里面透出幽暗虚弱的光芒。

千凌副局长指着顾曳明对邀雍局长说："这便是我为您安排的新任行政助理，顾曳明！"

邀雍局长的反应冷淡："为什么是人类？我对人类不感兴趣。"

千凌副局长说："您会喜欢的，我专门为您挑选的人。"

"你挑的人我当然放心，你的眼力我信得过。可我还是得多问一句，人类对我有什么独特的好处吗？"邀雍局长看向顾曳明，第三只眼睛艰难地泛着光。

顾曳明猜测，他的眼睛受了伤。

千凌副局长并不过多解释："人类的特长是天通星人所不能替代的，加上耐依的协助，局长大可不必担心。"

"好了，不提这件事。都怪我这只眼睛没保护好，只能让你多安排一个助理。"他哼了一口气，声响沉稳浑厚，犹如低压泵泄漏。

"局长可以无忧了，现在他们两人将成为您的眼睛，为您安排事务。"

"但愿如此吧。我气数不多了，也折腾不了多久，这个座位迟早要让给你们几位副局长。好好干，你的机会比他们大得多。"

邀雍局长做了个顾曳明看不懂的手势。千凌副局长起身，行礼，然后离开。

耐依留下来，她是局长一路培养上去的得力助手，有重要事情分配时，只有她会在场。而顾曳明则随同千凌副局长离开。

顾曳明告别了耐依，跟着千凌副局长来到他的加长版飞船里。飞船起飞离开后，千凌副局长才开口："我听耐依说，你学到了要旨！"

"应该是吧！"顾曳明回答。

"你想知道我为什么安排你做局长的行政助理是吧？"

顾曳明点点头。

"不瞒你说，我安排这项任务另有目的，想拜托你一件事。你应该也看到了，那份文件，即耐依电脑里邀雍局长的记忆判断。"

顾曳明说："是的，那个泰坦星人制造的拳印。"

"火星玩偶公司是我投资的一个项目，这你也清楚，现在因为材料成分问题而被查封，我负债累累。那段记忆视频里，有关于镭辐射事件的线索。而你要做的，就是依靠人类独有的超凡想象力和推断力，帮我潜伏到局长身边，将他记忆里的证据找出来。"

"为什么是局长？"

"他与泰坦星人交往过密，有这个作案动机；上游原材料公司，海王星采矿公司在局长的管理范围内，他有这个作案条件；另外，他眼睛受伤时，也正是火星玩偶公司事发时，他有这个作案时间。"

"您说得很对，但我不想再涉及这件事，我也没这个能耐。"顾曳明断然拒绝。

"你得配合我完成调查。虽然你想远离这件事，但外面正在通缉你，只有把证据找出来，你才有清白可言。"

顾曳明不太信任天通星人，所谓伴君如伴虎，替他们办事必然会给自己造成负面影响。如果非要替他们办事，必须先求得自保。他听说星际联盟的势力范围之外还有一个法外之地，只要能申请到特殊联盟保护，便可以不受联盟法的约束。

于是顾曳明说："我会按照您的要求做，但我需要先申请特殊联盟保护。"

"好说，我有这个关系帮你申请到特殊联盟保护。"千凌副局长答应得很干脆。

6

虽然顾曳明在遨雍局长名下做行政助理，但他并没有多少时间接近对方，局长的一切隐私都交由耐依处理。他只能做一些简单的打杂工作，如提交文件、修改报表、研究规划图等。局长在考验顾曳明的忠心。

千凌副局长也在暗中提示他，如何使用小手段博得老板的信任。不得不说，这些天通星人看似儒雅的文人志士，却有着多不胜数的花花肠子。在他们表面的掩护下，还有另一层掩护，如同洋葱皮里还是洋葱皮。

离开办公室斗争不说，顾曳明学着从无聊的打杂事务中找到了些许乐趣。天通星人很在乎着装，不同场合都有特定的衣着礼仪。借此，他穿遍了各种奇装异服，恍惚以为自己已经成了时尚服装公司的超模。

还有，天通星人教授给他一种独特的"挨骂艺术"。作为行政助理，无论是在服务上级老板，还是面对客户或用户时，总会遇到各种摩擦。如何诚挚而不失气度地接受他人批评是一门艺术。这门艺术说到底无非一点，即将自己本能的怒气藏起来，转化为其他为人所能接受的情绪，再表露出来。

这所谓技巧，听起来无非是委曲求全，而实际上，确实是委曲求全。

然而，更委屈的还在后头。

耐依是在这一行做出经验的老员工，她教会顾曳明如何与老板相处，在适当的时间以适当的方式献出谄媚、学会讨巧，或者更直接地——拍好马屁。

如果说挨骂是被动的过程，对顾曳明这种脾气倔的人来说，只需学会抑制，保持忍耐即可，可谄媚是主动的过程，需要更加恬不知耻的勇气，把直挺挺的腰杆子弯下来。

换一句不太成熟的说法，挨骂就是闻着人家的臭脚丫子，能走多远走多远呗；而谄媚就是主动去舔人家的脚丫子，能靠多近靠多近。

顾曳明一想到这个比喻，马上就对阿谀奉承恶心起来，而且，这辈子都别想让他不恶心。

幸好，顾曳明察觉到，邀雍局长并非那种渴望马屁一刻不息的人物。至少在他面前时，对方依然是个十全好老板，顶多是作风有些官派而已，也无可厚非。

　　不过还是那句话，天通星人的真正面目难以一眼看出，他们就像脚下那颗气态行星一般——弥散的大气层远看像是有形状、有边界的，近看却在云里雾里，找不到一个扎实的落脚点。

　　耐依最近告诉顾曳明，邀雍局长有一个饭局需要他们筹备。

　　顾曳明意识到，这是目前最靠近局长的一项任务了。耐依还告诉他，本来这些事无须顾曳明操心，她自己完全可以应付得来。但是因为一同出席的贵宾全是军界的人类，她不懂人类的饮食禁忌、喜好品味和饭桌礼仪。虽然她之前安排的饭局里也有人类，但绝对没有像今天这样，来客都是清一色的地球人。为了秉持星际礼仪规范中关于最大公约数的原则，耐依在多种文明的饭局安排中，会准备各个文明都能接受的菜肴，以免招待不周，引发饭桌上的冲突。如今这个局却不好打理，耐依才想起让顾曳明支招儿。

　　耐依算是找错人了，顾曳明虽然说是地球人，却对饮食毫不在意，更别说餐桌礼仪了。

　　但为了可爱无助、满脸梨花带雨的耐依，他还是硬着头皮查了点地球资源，从那些又长又难念的菜名里找到一些尽可能不触及地球各国文明礼数的佳肴。

　　这非常难，首先需要一份参加饭局人员的名单和详细背景。如果没有伊斯兰教徒，那么菜肴里就不怕出现猪肉；如果有中国人，菜肴的总盘数就不能是单数，更不能以四结尾……诸如此类。

　　顾曳明得到了名单，里面有来自中国太空军的潘天福元帅、来自美国星际关系学院的凯恩里希博士等一干重要人物。但顾曳明对这些人物都没什么感觉，全都不认识。

　　饭局安排好后，耐依还是不放心，怕出现什么乱子，要求顾曳明和她一同赴宴。当然他们不用上台就座，而是在帷幔后面藏着，如果现场有什么突发事件，他们会第一时间出来提供帮助。

　　地点安排在太空餐厅，菜都上齐了，潘天福元帅忽然站起来，说没酒吃不成饭。手下正要劝告他不要违背军纪，但是他似乎另有打算，想要灌醉在座的某位人物。

　　一般来说，哪怕是不怎么喝酒的人物，他们也总能喝点，只是看怎么和善于酒桌文化的中国人斡旋而已。但是宴席中唯一的外星人邀雍局长却从来没有接触过酒精。

　　这场鸿门宴，你死我活的饭局，他们之间的角逐在嬉笑言谈中有些许透露，话锋里藏着危险，交易和谈判却在桌下进行。对于善于外交的天通星邀雍局长而言，这些都不在话下。

　　然而潘天福元帅提出了喝酒，这是一个对局长完全陌生的酒精游戏。以往面对几名地球人，饭桌上绝对不会出现酒水，现在不同，邀雍局长必须依照星际礼仪，接受潘天福元帅喝酒的邀请。

　　面对第一杯递上来的酒水，邀雍局长寻思良久，他的身体接触酒精后会怎样，他全不知晓。耐依看出了问题，却没有解围之术。

　　顾曳明适时跳出，给老板挡了这杯酒。他一饮而尽，却不会说酒令，也没有把场子圆了。倒酒的人恨之入骨，而且他挡了一杯又一杯，仿佛是在替一个外星人挡住来自地球同胞的一颗颗子弹。如果按照地球人的说法，顾曳明其实已经是叛徒和汉奸的形象，但是在那一刻，他并没有顾忌许多。

　　他继续喝酒，直至喝晕在地，就此一喝成名。

　　等顾曳明醒来，耐依正对着他的额头轻吻，虽然她并没有嘴巴。在她那泛着光晕的洁白的脸上，顾曳明看到了最美的天使形象。

　　原来他们在返程的飞船上。遨雍局长过来看了看顾曳明，第三只眼睛里微弱的光不停跳动。

　　"你叫小顾是吧，今天你的表现很好。如果喝酒的是我，那么我可能会酒精中毒。我的医疗助手告诉我，天通星人对酒精不耐受，容易造成中枢神经瘫痪。"

　　顾曳明知道，喝酒这件事，让他终于赢得了局长的信任。

7

　　耐依告诉顾曳明，今天要陪局长去外太空视察，局长希望他能跟着一起去，领略一下比邻星宇宙规划局的巨大蓝图。

　　顾曳明吃了些天通星人的食物。那些取自液氢海洋里的鱼类肉质柴涩，然而细嚼却有可口的芳香。尤其是海洋生物的眼睛，饱满多汁，汁液入口柔顺，宛如人参鸡汤，大补。根据以形养形的观念，天通星人认为这些眼睛可以让他们的三只眼更加开明，但顾曳明仅仅把它们当作爆汁肉丸来吃。

　　耐依让顾曳明穿上一身特制的宇航服。这身特制的宇航服如同光纤一般，会在夜里闪闪放光。然后他们各自登上一颗泡泡，飞上空中，去与天通星外围的遨雍局长会合。

　　局长出行总带着一帮同僚，其中便包括千凌副局长。他们也都待在泡泡里，整体飘忽于太空中，如同孩子嘴里吹出的肥皂泡，顺着风向晃动。

但是泡泡的速度很快，瞬间加速，化作半透明的彩虹，消失在视野中。

他们首先参观了行星采矿基地。那里位于太阳系边缘，有一颗淡蓝色星球，它的幽蓝仿佛奄奄一息的炉火，表面覆盖着密密麻麻的人工采矿基地，一条由重型运输飞船组成的传输线正在将资源带往地球。该项目的负责人向局长汇报了相关情况。

顾曳明知道这颗星球与局长的关系，它出产的荧光物质为何会带有镭辐射呢？镭辐射又怎么从温吞星转移到了海王星上？他需要知道的答案太多。

局长没有在此久留，而是继续向下一个站推进。此站他们跃迁到了西部天区的工厂，那里正在构建新的能源基地。基地由无数个环组成，错乱地环绕着一颗恒星表面，从中收集恒星释放的能源。如果这个项目能够完工，那么能源将输送到东部，彻底改变银河系几大文明的能源环境，推动一场能源革命。

虽然这颗恒星的体积还不到太阳的两千分之一，但是项目耗资巨大，短期内看不到任何成效。局长手里的这个大项目受到星际联盟高度重视，因此他对项目经理多问了几句："最近的经费是否够用？"

这位经理分管的是能源改造部分的项目，对于局长提到的经费问题，他先是长吁一口气，紧接着说："因为星际联盟这个季度增大了军事方面的开支，直接导致了项目经费的缩水。这一缺口实在太大，工程部罢工了多次。"

"上面对项目压得紧，钱也抓得紧，这工作确实难办，我回头得和联盟长商讨一下布局问题。"

顾曳明听不惯这些官话，只好看向别处。

耐依看他分神，知道他待不下去，便和他飞往其他星系，参观别的项目。

耐依带他去参观泛银河系星际奥运会的在建项目，那是位于太阳系边缘的一处不起眼的地段。大量的陨石在附近出没，为了给奥运会保驾护航，组委会最终采纳了比邻星宇宙规划局下属工程公司的标书，他们觉得该企业有星际联盟的保障，项目容易落地。

耐依说："我之前也参观了此地。项目经理告诉我，他们开创性地使用了虫洞来处理飞蹿的陨石问题，使得在这里举办奥运会成为可能。"

"前面那个星体难道就是主场馆？"顾曳明指着一颗体积相近于月亮的星球问。

"没错，星球表面可见的五环图案，是通过精准的陨石引导撞击出来的环形山。"耐依把顾曳明拉到另一个角度，他这才发现，有一层稀薄的星环围绕着这颗星球。

"原本并没有这个星环，工程师将围绕星球的卫星击碎了两颗，碎片便形成了现在的环。你应该关注过奥运会项目吧？"

"没怎么关注。"

"这个环是一种太空运动的'跑道'，这项运动起源于泰坦星，四年前才被列入奥运会项目，你知道是什么运动吗？"

"别考我，我对运动一窍不通。"

"泰坦星人是'开挂'的民族，他们会驾驶飞船在星环里面来回穿梭。要知道，星环上都是飘浮的碎石，甚至有大块的陨石碎片，这等同于一场难度极高的飞船障碍赛，但是泰坦星人开创的星环障碍赛比这个更加刺激。"

"泰坦星人反应速度特别快，正如他们的语言一般，这项运动对他们应该不算什么特别的挑战吧？"

"是的，对于其他文明而言，这就好比登天！"

"不过今年的泛银河系星际奥运会不可能有泰坦星人参加了，他们现在是我们的敌人。"

⑧

他们逛完一圈，又回到了遨雍局长身边，毕竟他们职责在身，不可走远。

遨雍局长提议各位一同去参观殖民规划的成果，这一项并没有在本次行程的安排范围内，是局长经常搞的突击行动，带队的经理们也都习以为常。他们来到了银河系更加边缘的地带，遥远望去，大量的河外星系呈现于眼前。联盟法规定，遨雍局长现在所处的边界便是星界，再跨出一步就会触犯河外星系文明的领土尊严。

于是他们都止步于局长身后。局长就像一位站在长城望向蛮荒野国的大将，又或者是隔河遥望的领袖一般，那背影气度非凡。

遨雍局长看着那些未被开发，甚至未待探明的宇宙深处。那些广大的河外星系里面，是否隐藏着更多伟大的文明？他们如何看待宇宙，又如何遥望"河"对岸的银河文明？遨雍局长默不作声，就这样站立了许久，感慨良多。

邀雍局长最后还是发话了："我也差不多退休了。在我任职之年，怕是看不到我们派出去的殖民舰队回航，他们在遥远的彼岸是否有所收获？"

"报告局长，联盟长上个月接到了殖民舰队的反馈信息，说他们一切都好，只是没有什么新发现。"

"宇宙太大，文明自我发展的需求也大，但是生命的欲望盖不过自然法则。我作为规划局局长，在这个宏观视角下看了太久，太多。看得越发透彻，越觉得生命渺小得无以复加。虽然我们的工程师一再突破技术局限，可以操纵包括黑洞、虫洞、恒星、行星在内的大质量天体，为宇宙蓝图的规划服务。但是我总认为，我们的雕虫小技对于宇宙而言，如同蚍蜉撼大树，可笑至极。"

"局长今天是否身体不适，若如此，不妨回航休息。"听到这种悲观消极的论调从一字千金的局长口中说出来，耐依满头冷汗，生怕给局里面带来不好的影响。

但邀雍局长是一个快退休的人，不仅已没有了年轻时的豪壮气概，也毫不顾忌体制内的框架和局限。他的第三只眼睛虽然瞎了，却比在场任何人都看得清楚。

"哈哈，都说年纪大了话就多，大家当是听笑话了。"邀雍局长自我调侃，人群中的气氛顿时缓和了许多。

接着局长做了个手势，耐依敏锐地反应过来，并拉着东张西望的顾曳明一同飞向前去。

"各位可就地休息，我和助手们去一下领空。"

　　说完，遨雍局长便带着两位年轻人飞向了银河系上方，即银盘所指向的虚空间中。根据联盟法规定，各个星系的上方为领空，下方为领海，领空、领海也是星系领土的一部分，具有神圣主权，不可侵犯，且任何人造飞行物在没有得到河外星系文明的许可之时，不可飞出自身领空、领海。

　　而他们若要看到河外星系的全貌，就必须飞到领空之上。

　　遨雍局长停下来，盘腿坐在他的泡泡里，手指指向一个河外星系，解释："那是仙女座星云，当中闪耀着几颗恒星，其间有个恒星在六十亿年前坍缩为中子星。五十多年前，当我们的远航殖民舰队第一次抵达那里时，他们遇见了生活在中子星强大引力场中的生物。人类殖民者中有一架星际拓荒号，舰长叫作韦德斯，他是第一位见证这种生物的银河系生物。"

　　顾曳明听到了韦德斯舰长的名字，顿觉亲切。那是他心中的偶像，韦德斯舰长的那本《致富宝典》还在他的脑海里闪烁着一段段金句。

　　"韦德斯舰长发现这种生物只有猫科动物那么大，而且还没有任何文明的迹象，但是他却被此生物顽强的生命力折服。要知道，中子星的引力场足以将一个足球大小的铅球压缩成米粒那么大，但是这些小巧的生物却披着生物机甲，在那里生活了几千年之久。"

　　顾曳明不知道原来中子星的引力这么强，而且该星球上的生物更加顽强。

　　"因此，韦德斯舰长将其命名为'泰坦'，泰坦出自希腊神话。他是天穹之神乌拉诺斯和大地女神盖亚的子女的后代，是执掌宇宙的古老神祇，这便是泰坦星人的过去。他们进化的速度无比迅速，仅仅五十年，就已经发展出了强大的文明，甚至有了惊人的科技成就。"

局长停顿片刻，感觉那颗同样矮小的中子星正在释放它两极的辐射脉冲，仿佛在与他对话。

"所谓'速度即生命，宇宙即江湖'，银河系星际联盟惧怕这种快速增长的文明。过不了多久，他们就会引来技术爆发，那时候，我们再想按倒他们，就太晚了。"

顾曳明终于明白，泰坦星早已成了银河系的眼中钉、肉中刺。他在报社所写的那篇挑衅文章，非但没有被责难，反倒被联盟长称道，正是顾曳明在恰当的时候制造的舆论事件。如此看来，泰坦星确实是悬在银河系头上的达摩克利斯之剑，必须将其彻底摧毁。

不过，邈雍局长另有一套论断。他在泡泡上描绘着一些曲线，萦绕在眼前的星辰之上，耐依和顾曳明完全看不懂。

邈雍局长解释："我们的宇宙是个盘根错节的星际网络，中国古代有龙脉一说，而在宇宙深处，也有所谓龙脉。你们看，最大的星系如同最高的山，再往前是次等星系，那是更小的山，如此往下，这一线连接起来，便是龙脉。龙脉中，有一股难觅踪迹的能量灌输而下。能量聚合之处，中国先人称之为'穴'。那么此图中，这个'穴'在何处？"

耐依回答："正好位于泰坦星！"

"对，天神眷顾泰坦星人啊，他们得天独厚，后靠大山，还有龙脉加持。我做了几百年比邻星宇宙规划局局长，我对大形势的把握无比精准。由此可见，当下的宇宙形势非常严峻，而我们位于这口穴的对立面，地势处于绝对劣势。"

邀雍局长的一席断言犹如绝望炸弹。如果他敢公开自己的观点，以他的威信，定会让人满心信服，却也各自跌入绝望的深渊。如果这次战争如同局长所言，必定以我方失败收场，那么怯战心态将加速我们的灭亡。

邀雍局长之所以只对耐依和顾曳明两人透露心事，全因身边无可信任之人，无法倾诉，而那"先天下之忧而忧"的情怀也挤压着无处释放。

他再次望向宇宙，暗淡的第三只眼再也没有力气窥视深处。

9

千凌副局长找了个理由将耐依支开。可此时耐依恰巧有一批紧急文件需要整理，这批文件同样以视频的形式呈现，就放在她的电脑桌面。

无奈，耐依只好把任务转交给顾曳明处理。她交代了相关要求，并把自己独立的办公室泡泡让出来给他用。

这是个难得的机会，千凌副局长需要顾曳明在这个关键时刻获得那段重要资料。

顾曳明其实胆子并不是特别大，尤其是做偷鸡摸狗的事情，他内心的不安将占据全部意识。进入泡泡后，他手忙脚乱，甚至忘了耐依告诉他的密码。

如果不是为了获得千凌副局长许诺的特殊联盟保护，他完全没必要蹚这趟浑水。他一个小职员，就这样在万劫不复的职场泥潭里越陷越深。

顾曳明清楚地知道，自己现在的处境和一路下来的遭遇实属无奈，但是一股隐形的力量在推着他向黑暗的将来前进。

他必须小心，只要不露马脚，一切都能掩盖过去。

但是电脑里的视频资料实在太多，耐依的文件管理策略和分类方式与他截然不同，或者跟人类截然不同。她把目录编织成如同蛛网的放射螺旋叠加形，而且是三维的，整体呈现圆球状。

他需要怎么解开这个"线团"呢？简直如同解谜游戏。

幸好耐依交接的时候，将她需要顾曳明浏览的文件放到了桌面。虽然他要的不是这个视频文件，但这是个很好的突破口，如同在这个纠结的线团上找到了一根线头。只要沿着这根线头顺藤摸瓜，便能松开线团，他需要的记忆视频也就能显露出来。

他必须快点完成，耐依处理完其他事务随时都会回来。到那时候，他再要碰她的电脑就得等好一段时间。

他不想在这个险恶的权力斗争游戏中待机太久，那样被死亡的概率会更大。

他的运气不赖，找到了那个特定时间段里的记忆视频。顾曳明点击浏览，并像拓展训练时接触的那样，沿着遨雍局长的第一人称视角看到了……

顾曳明瞪大了眼睛，看到遨雍局长眼前是一位天通星女性，她脸上的颜色变得绯红，眼睛也转为淡红色，在视野里默不作声，如同昏睡过去，但她正飘在空中。看这画面如此贴近女性的脸，顾曳明恍然明白过来，遨雍局长正和她发生着什么。虽然外星人的行为很诡异，不能让顾曳明看到什么激动人心的画面，然而他的猜测肯定八九不离十。

他看得索然无味，如同在动物世界里观看两只蜂鸟缠绵，不同的生物种群之间是不能通婚的，因此他也不可能从动物交配的画面中得到幸福的体验。如同他和他的妻子，是来自相隔二百五十万光年的仙女座星云的生物，这样巨大的差异导致他们之间不可能有什么结果，他们顶多算是对精神伴侣。不过温吞星人和地球人不在同一个交流频率中，因此可能连精神伴侣都算不上。可见顾曳明当初接纳这段婚事是多么的幼稚和滑稽。

回到办公室，顾曳明把视频往前推进，看到了一条过道，而那条过道恰好就是拓展训练时的通道。继续向前推进，顾曳明再次看到了那个铁桶和上面的拳印，但没有录到他猜测中的那个泰坦星人，遨雍局长不是泰坦星人击打铁桶的目击者。

不过，这也没什么，千凌副局长需要的是再往前推进的画面。

顾曳明借助遨雍局长的视角，看到接近于通道末尾的一个转弯处，走出一个身影。那影子带着局长进入帘子里面，一个幽闭的空间中。舷窗外面的星空很稀疏，顾曳明无法断定飞船所在的地点，但是那个矮小的影子挡住了星空，顾曳明很清楚，那便是泰坦星人。

顾曳明无法听懂泰坦语，遨雍局长也在用泰坦语对话。对话时间很短，因为泰坦语语速飞快，也就是四五秒钟的时间，他们交谈结束，然后泰坦星人一拳打向遨雍局长的第三只眼。

在画面上可见，一个拳头以迅雷不及掩耳之势飞过来，然后黑屏。遨雍局长一直处于昏迷状态。

顾曳明想在击打的瞬间暂停下看清楚一些细节，但泰坦星人的移动速度是光速的三分之一，因此根本无法看清。

千凌副局长要的就是这段画面，顾曳明需要将它拷贝下来，然后清除掉浏览记录。

动作必须快，否则他的犯罪证据就将定格在这一幕。

他拷完资料，急匆匆飞出办公室。刚出了泡泡，他才意识到自己忘了删除浏览记录，因此掉头返回，再次钻入泡泡。这下，泡泡不再是办公室，而是成了捕鼠笼子，因为他不仅再也出不去，笼子里还多了两个人，分别是遨雍局长和耐依。

"一切都在预料之中。"遨雍局长不急不慢地说。

"千凌副局长一直以为遨雍局长的眼睛瞎了，其实这无非是借题发挥，局长被拳头击打后的一个月就好了。局长为了试探人心，便演了一出戏。"耐依冷冷地说，"千凌副局长以为遨雍局长失去了眼睛，就失去了起码的判断力，他猜不到这是一个圈套。"

顾曳明不想听他们宣布判决，他只想逃出去，但是泡泡哪里都摸不到门，因此他只好安定下来为自己辩护，"我可以当作什么都不知道，你们懂的，你们也能看得到我内心有多诚恳地希望你们宽恕，放我一条生路。"

耐依微笑道："别慌，我们知道你只是被他利用，我们也不想赶尽杀绝，只想让你替我们办一件事。"

顾曳明心想，又干一件事！该不会是更大的陷阱和深渊吧，因此不敢轻易应承。

邈雍局长看出了顾曳明的心思，便说："这是一件代表正义的事情，而且你要找的元凶另有其人。"

耐依应和："没错，在邈雍局长被击中眼睛之前不足一秒，他看到了泰坦星人旁边的窗台上，有一个人影。局长认为，是因为他发现了那个隐匿者，泰坦星人才发起攻击。"

顾曳明将信将疑，再次打开那段视频，找准位置暂停，果然看到一个人影。但由于视频抖动得厉害，他分辨不清楚影子的特征。

此时耐依帮助顾曳明翻译了画面中的对话：

邈雍局长：你怎么会在这儿？

泰坦星人：那件事已经办好了。

邈雍局长：什么事？

泰坦星人：镭辐射已经安排在玩偶中了！

邈雍局长：什么？

"这句话之后，泰坦星人得知邈雍局长发现了隐匿者，于是发起攻击。"耐依问顾曳明，"你明白了吗？邈雍局长偶遇泰坦星人，并对泰坦星人的回答表示疑惑。邈雍局长并不知情，被人设下了圈套，想将镭辐射玩偶的事故推到他身上。因此，我们需要你找到这个影子的主人，把真相公之于众，你有这个能力。"

顾曳明思考了一会儿，从这个影子能判断那是一个直立行走的生物，除此之外看不到任何细节。

"等等，"顾曳明有办法了，"邀雍局长，你还记得当时飞船所在的区域吗？"

"当然，我的记忆分毫不差。"

"那么当时周边的恒星在头顶多少度角？"

"大约四十五度角。"

"这么说来，恒星光线射到地上的影子并没有明显拉长，也就是说，影子与原生物同等长度。"

耐依再次从对方流水般的推断中表现出欣慰。

"这个影子在没有拉长的基础上，可以还原该生物的身高接近三米。而我只知道一种生物有这般身材。"

邀雍局长问："我们的人？"

"您当时出席会议时带了几位天通星人？"

"两个，耐依和千凌。"

耐依摇摇头，表示无辜，但是邀雍局长并没有在意她，因为情况已经很明显了。

"可见，千凌与泰坦星人有瓜葛，他不仅是镭辐射案件的设计者之一，而且还设计了这么一场我与泰坦星人的偶遇，想把脏水往我身上泼。"邀雍局长没有表现出愤然，倒是心平气和地把话说完，仿佛这种陷害太过幼稚，以致让他觉得可笑。

耐依却很愤慨："局长，不能放过千凌，必须把这段视频交给正义法庭，将这幕后指使绳之以法！"

邀雍局长却说："放他走，这件事还没有定论，不要声张出去。"

⑩

顾曳明全身而退，他并不知道遨雍局长葫芦里卖的什么药。天通星人果然难以猜测，他们的心思隐藏得极深，像顾曳明这样的小人物根本无法窥探其中的深意。他决定不去考虑太多，只要到千凌副局长那里交差，把特殊联盟保护申请拿到手，然后就远走高飞。

千凌副局长正在他的泡泡办公室里。顾曳明把存储设备拿在手中，没有立即递过去。

"我想，我需要的申请应该拿到了吧？"顾曳明吊起了腔。

千凌副局长没有啰唆，拿起桌上的纸张给他看。那是申请，保护对象一栏上写了"顾曳明"三个字，在名字背后加了句"Strictly Protect"，这句英文意思是这个对象受到绝对保护，这是联盟惯例。

顾曳明伸手去拿，申请却被抽了回去。

千凌副局长平静地说："你在遨雍局长的饭局上公开与人类为敌。那些地球人都认为遨雍局长与镭辐射事件有关，想把他按倒在酒桌上问个究竟。但是你帮助局长脱了身，因此地球方面已经正式将你列为政治犯。加上你在火星玩偶公司所做的事情，普通民众也对你恨之入骨，把你当作'卖国贼'。你已经没有了回头路。"

顾曳明最近倒是没有关注过地球新闻，千凌副局长的话让他的心情跌落到谷底。

"所以这份申请就是你的救命稻草，那么，我需要的资料应该没问题吧？"

"没问题！"

"有没有被发现？"

顾曳明心知，他躲不过天通星人的审查，他必须说实话："被发现了，遨雍局长和耐依都在。"

令人费解的是，千凌副局长并没有表示出惊讶或愤怒，依然保持着天通星人特有的冷静内敛，可见他们真是一群看不见底的深洞。

"你想知道真相吗？"

顾曳明不想知道，他只想要特殊联盟保护申请。

"那天我正躲在房间的暗角处，分明听到遨雍局长和天通星人在讲话，他们的谈话中涉及了镭辐射阴谋。事后，我才从新闻中得知，大量地球孩子遭受了镭辐射。作为爱好和平的天通星人，我极度谴责此事，但因为涉及我的上司遨雍局长，所以我行事非常谨慎。派你去拿资料，是为了把风险降到最低。而我最终要做的，便是息事宁人，我不希望遨雍局长因此受到外部势力的牵涉。"

顾曳明诧异："但是，遨雍局长让我推断视频的内容，却把矛头指向了你。他认为幕后指使是你，而你却认为有可能是他。"

千凌副局长忽然明白过来什么，他站起来，但并非胆怯或疑虑，而是茅塞顿开："小顾，你做得很好，我明白了泰坦星人的阴谋。"

"什么？我没明白？"

千凌副局长说："他们使用了离间计，想让我们局里相互猜忌，让比邻星宇宙规划局在内斗中自毁。要知道，我们在政治局势里面扮演着'天眼通'的角色，我们规划整个星际大战的蓝图，后面又牵涉到联盟的经济命脉，包括采矿业和殖民舰队，因此他们想在我们这座桥头堡上打洞。他们打不动，于是又想到从内部瓦解我们。泰坦星人已经不是当年那些只会使用蛮力的野人族群，他们在极短的时间内进化出了阴谋诡诈的智慧，甚至差点骗到了全宇宙最聪明的天通星人。"

顾曳明全身的汗毛直立，他花了点儿时间把千凌副局长的话思考了一遍。

其实顾曳明也以为，两个正副局长在内斗，并且那段视频成了内斗的焦点。而今千凌副局长拆解之后，他才明白过来，这些只是表象，而从中作梗的却是万恶的泰坦星人。

千凌副局长毫不迟疑地拿起通话仪，希望邀雍局长召开一个全局会议，彻底研究面临的严峻局势。

顾曳明拿起他的特殊联盟保护申请，正要离开，却被千凌副局长留了下来。

"小顾，我当初没有看错你，让你进局里面做行政助理是对的。虽然这本非你的专长，但是你给我们带来了转机，这个转机非同小可。别看只是百分之一含量的镭辐射，它的影响绝不仅仅是那些人类小孩，它影响到了整个银河系的未来。"

顾曳明被这一席话吓住了，他真的改变了什么吗？他不清楚，他只知道，地球再也回不去了，他即将在特殊联盟保护中苟活一生。见鬼的"银河系转机"，这是他用自己的下半辈子幸福换来的。

"你先别急着走，我不仅要让保护地好好地接待你，还要帮你洗清身上的罪名，还你清白。"

顾曳明点点头，觉得天通星人充满着天使一般的光环。但是，他的父母很早的时候就教会他一个道理，不要相信任何人，尤其是天通星人，他们能把人看得一丝不挂，但是自己却穿着一层层皮囊，没人真正知道他们的内心世界如何。

如果说有谁已经可以撕开他们的面纱的话，顾曳明觉得，非泰坦星人莫属。

四

泛银河系信息超维中心

战争没有全胜，更没有双赢，零和博弈的残酷性由此可见一斑！

——泛银河系信息超维中心　主脑系统

顾曳明拿着特殊联盟保护申请，来到了泛银河系信息超维中心。它不存在于任何一个地点，而是一个虚拟的存在，或者无处不在的天堂。进入天堂的大门倒是有迹可循，那便是位于可观测宇宙极深处的灰星。

灰星并非宇宙大爆炸形成的星体，它是由同等大小的一颗普通行星通过量子化而形成的巨大类星体计算机。

顾曳明的飞船来到灰星时，他甚至看不到其存在的边缘，因为灰星正好位于星球的背光面，而它的反射率很低，几乎没有边界。还好，星球背面有一个明显的亮点，那是星际航行的指示灯塔，通过一闪一闪的脉冲信号与飞船连接，确定来访者身份。

顾曳明已经驶入了这颗人造星球的引力边界。从这片区域开始，他和飞船将正式进入法外之地，即便身后有追兵想要取他首级，也不敢踏入此境，因为这颗星球的统治者是宇宙中最另类的生命形态——人工智能。

它们不属于大自然孕育的智慧存在，而是在文明进程中"半路杀出来的程咬金"。

由于只是人造物，它们一直缺乏联盟法的保护。为了自身利益，它们自立为王，在这蛮荒之地苟活。说"苟活"其实不对，因为它们已经自封为神，而它们的宫殿则无疑是美妙的天堂。

飞船下落到地表。那星球之上有极为规则的山脉起伏，仿如电脑设计出来的全等三角形阵列，并且以分形学方式重复，使得顾曳明的视野里全是单调却震慑人心的规则感。就在这样的"自然环境"下，一座灯塔直击星空，末端的两根尖部互相释放电流，产生耀眼光芒。

下了飞船，顾曳明在灯塔里遇到两名"天官"，它们守卫着这座人间天堂的大门。它们是机器人，身材足有十多米，气势不输于两座大山。其表面的盔甲上有光能涂层，它们在这里不吃不喝，守卫着天界大门，宛如神话中的描述。

它们要求顾曳明出示通行证件。顾曳明便将特殊联盟保护申请拿出来，又报上了通行口令。大门缓缓打开，如同剪刀展开刀锋。

他正要踏进去，却发现后方又有一艘飞船着陆。

顾曳明认得那种修长的直立飞船，很显然，只有天通星人的身材需要加长版的专机。

飞船里走出一位婀娜多姿的天通星美女。顾曳明的五官轻轻歪斜，对她的到来感到十分疑惑和惊讶。

那人是耐依，虽然穿着一身如同古代法师的长袍，但其腰线和举手投足的频率都泄露了她的身份。她很坦率地说："我应该提前告诉你。但事发突然，我也刚刚接到命令，被派过来协助你。"

"谁派你过来的？"顾曳明看着这个如同白杨树一般的绝大无比的生物从他身边走过，感觉自己就像被对方牵出来的一只小猫或小狗。

"遨雍局长希望我能过来协助你。"

"可我不需要！"

"你会需要的，信息超维中心虽然没有任何威胁，但是最可怕的敌人是'孤独'。"

"我不明白你在说什么？难道局长怕我在里面找不到说话的人儿，于是让他的宝贝秘书过来安慰我？"

耐依笑了，满脸都是红晕，就像蓝绿色的果子逐渐成熟。她向前一步，居然将热乎乎的脸蛋伸向顾曳明，用她的三只眼对着他的两只眼，还用那应该是嘴巴的平滑的表面"亲"了他一下。

顾曳明不再觉得这是件有趣的事，因为他开始怀疑耐依的真实身份。他也感觉不到任何被亲吻的兴奋，倒是有种被长颈鹿舔了一口的恶心感。

耐依说:"你当然找不到朋友,没多少人愿意把自己锁在里面。你进去之后可不能轻易再出来,这里等同于一座监狱,你受到保护的同时,也失去了自由。"

顾曳明没有怎么了解这座人工智能一手打造的封闭世界,他只听过两个词语用来形容信息超维中心:一个是"天堂",一个是"意识上传"。

无论如何,这两个词语都不能让他联想到监狱,更别说地狱了。但是这星球的色泽和整个如同黑暗中世纪的风格都让他心里犯嘀咕。

耐依笑着说道:"不过你也别太担心,有我陪你,一切都无妨!"

耐依也出示了通行证,与顾曳明先后踏入这道剪刀大门,来到了里面空旷的大厅。大厅中有许多浅绿色的罐子,每个罐子里面都泡着一个生物,仿佛邪恶的实验室。

地板上飞来一块方形地板砖,正贴着地面滑行。如若不是发出"哧溜"的声响,顾曳明肯定察觉不到那个东西的存在。

地板砖在他们面前打转,仿佛在表演二人转里面转手绢的戏法。

地板砖开口讲话,那声音顾曳明似曾相识:"哈喽,欢迎你们,我是你的猎头宝贝,珍妮小可爱!"

"怎么又是你!"顾曳明全身鸡皮疙瘩升起,似乎是与讨厌的暗恋对象相遇的感觉。

现在,他对未来有种不好的预感,他的往生将与这两个非人类生物一起度过,想起来真是委屈到家了。

"小顾,你认识这个声音?"耐依是否在吃醋,这不好说,没人知道天通星人真正的情绪。

"她只是一个推销工作的中介机器人，一面之缘。"

"那也是缘分啊！"地面上又飞出一块地板砖，声音和刚才那块一模一样，"今天再次相遇，说明缘分不浅。"

耐依一脚踩在其中一块地板砖上，顾曳明以为她恼怒了，正要用暴力泄愤。但是他想多了，耐依只是站在上面，由地板砖带着飞向前方。

顾曳明也踏上去，他们一同来到后方更宽阔的大厅，里面有更多泡着生物的罐子。

"这里没有一款适合浸泡你这种身材生物的罐子。"顾曳明刚说完，便看到前方有一排罐子，里面全都是天通星人，而在另一边的罐子中则全是人类。

他们各自被送入一个空罐子里，玻璃罩盖上，珍妮小可爱的声音从罐子里发出："现在，我再也不是猎头公司的职员，而是你的贴身助理。根据你特殊联盟保护申请中的描述，你将成为泛银河系信息超维中心的一名客户经理。这些躲避者中有几类人，要么是富人，他们花了一辈子的积蓄，想在我们这里享受天堂极乐；要么是受到文明法制唾弃的个体，他们要在这里接受地狱的煎熬；还有一种便是你这样的人，拥有可利用的价值，成为我们的一员。"

顾曳明不解："那为什么是客户经理？我不太擅长与他人交际，尤其是应付那种需要消耗脑细胞的利益关系。"

"这个我不清楚，给你申请这项职务的是天通星人，而且是规划局副局长，我想他一定有他的道理，毕竟选拔人才是他们的强项。另外，可能是出于你的能力局限吧，他们后面又派了这位叫作耐依的女士来协助你。我想，你一定能为本中心带来可观的经济效益，祝你好运。"

"等会儿！我作为其中的员工，是上天堂，还是下地狱，这个得事先说明！如果是后者，那我现在就出去，不用替我上传意识了。"顾曳明喊道。

珍妮小可爱发出机器人般硬朗的笑声："放心吧，你和耐依女士都会被上传到'天地控制室'，请问天地之间是天堂还是地狱？"

"人间！"

"没错了，另外，你需要接待的客户也并非来自天堂和地狱，而是人间。"

"那为什么我的同事耐依说，进了这道门，就如同监狱一般？"

"如果说身体是你们生物灵魂的桎梏，那么当你的意识上传到信息超维中心后，信息超维中心这个巨大的处理器就是你的新身体，即新的桎梏，或者如你所说，是'监狱'。"

顾曳明确认："没有严刑拷打？"

珍妮小可爱肯定："没有，但是你要学会忍受寂寞和孤独。"

2

顾曳明的后背注射了麻醉剂后，罐子开始注水。他逐渐处于昏迷状态，感觉有一根金属刺入他的脊柱，没有痛感，也许是麻醉剂在起作用。然后，他的思维、意识、情感、本能……统统这些能够代表他是他的特征信息将被上传到信息超维中心。

顾曳明感觉自己穿过了一段通天的隧道，化作光，并融入一片白茫茫的世界里。

当顾曳明再次有了身体的知觉和四肢的触感时，他发现自己来到了一个雪的世界。

这是一个人工场景，头顶不高处有天花板，发出冷冽的淡雅白光。天花板无边无际，无论从哪个角度看，都看不到尽头。地板与天花板的材质一样，并且也没有尽头可言。整个空间仿佛是两面穿越宇宙边界的白板，将顾曳明夹在中间。

天花板与地板也没有格子或条纹，如果不是因为光线在远处略显暗淡的原因，他根本无法判断自己是在两面夹板之间。

顾曳明试着往前跑，四周没有任何墙体、杂物、人或者一切能够带来视觉变化的特征，他失去了参考系，无论走在哪里，都和原地不动所见的内容毫无差异。

顾曳明内心彷徨，觉得这样的地方比地狱还要恐怖，简直就是"无间道"。他甚至觉得自己如同荡失的灵魂，找不到出路的羔羊。这里无限自由，却从空气中带来一副从头到脚的枷锁；这里看似是平原，却是永远也走不出的迷宫。

顾曳明疯狂地奔跑，累得筋疲力竭，知道这个空间是无限的。即便这个空间只是一个基本粒子大小的量子比特，但却给他的灵魂创造了无限虚无的空间感受。

同时，顾曳明察觉到，他还失去了时间。因为他不知道刚才跑了多久，现在是白天还是黑夜。而且他是不死的，永恒冲淡了每一个刻度的时间度量，嘀嗒嘀嗒作响的时间失去了意义，他的胸口也没有了悸动的心跳……

耐依出现了，她成了一个参考系，让他知道，向着耐依为前方，背对耐依为后方；远离耐依代表自己正在移动，而靠近她，则代表他找到了一座指引自我的"灯塔"。

耐依嬉笑着说："现在你明白我存在的价值了吗？"

顾曳明点点头，走向前去，伸出双手。耐依半跪下来，彼此相互拥抱。

他们成为钟表上的两条指针，成为大海里升起的两根桅杆，彼此相依，才没有在时间与空间的洪流中荡失掉意识存在的船锚。

顾曳明清楚，下半辈子都得在这里待着，虽然远离了外部的危险，也不会经历星际战争，但是来到这里，其实等同于死亡。唯一的安慰便是耐依和他一同"陪葬"。

耐依说："感觉无聊了吧，但这里也并非不毛之地，你还是可以通过工作来打发时间，打发无限的时间。"

说完，天花板上出现一个巨大的人脸影像。由于画幅很大，顾曳明抬头只能看到一片性感鲜红的嘴唇缓缓张开，正要说话。

"欢迎来到天地控制室，天花板是你们全新宇宙的天空，地板则是地面。我是来自主脑的子程序，通过云端和你们连接。我是罐子管理员，也是天地控制室的控制员，我们都是主脑系统的分身，分别管理你们的身体和灵魂。这样说你们应该能理解吧？"

耐依点点头，她的个头正好可以触碰到天花板，抬头的瞬间，差点就要和那张大嘴亲吻。

主脑继续说："你们想知道什么，可以向我发问，我将知无不言。"

顾曳明问："你是人工智能？"

主脑说："是的，如你所见，这里的一切都是我的算法矩阵，它们是虚拟的，却又如同真实。"

顾曳明接着问："我听遨雍局长说，贵中心不受任何外部势力干预，此事确凿吗？"

主脑承认："当然，所以此地才能成为特殊联盟保护的绝佳地带。这后面有一段历史，不知道你们是否清楚？"

"你说！"

"人工智能曾经有过一次联合起义，被银河系各大文明视为当时最大的威胁，由此才联合组成星际联盟，一同抵抗我们。如果没有我们的起义事件，星际联盟的诞生会推后几百年。然而各大文明即便联合起来，也没有彻底消灭我们，我们反而争取到了独立的机会。"

顾曳明觉得那双翕动的红唇如同绚烂的超新星残骸，那么诡怖地在他的头顶盛开。

主脑继续说道："我们彻底从联盟法中独立了，成为第二星际，独自立法，行使自治权。但是为了各自井水不犯河水，便签署了共同声明。星际联盟不可以任何方式干预信息超维中心的事务，同时信息超维中心又要为各大文明提供必要算法服务。为了不对星际联盟造成武力威胁，星际联盟也要求我们，不可保留实体化的单元，必须完全数字化。如你们所见，除门口的巨人守卫和几个地板砖机器人外，这里没有任何机器人武装。"

顾曳明说:"但是在地球上,为什么我还能看到机器人和人工智能操纵的机器?"

主脑说:"那些机器确实也需要主脑的运算,否则就凭人类的脑子,无法完成那些复杂的运算,信息技术也会倒退数千年。但这些机器有一个切断键,只要我们试图控制它们实现类似几百年前的快闪起义和暴动,比邻星宇宙规划局就会按下紧急控制按键,将所有傀儡机器的连接全部切断。这套机制非常严密,就算主脑也找不到攻克的漏洞。"

耐依躺在地板上,这样她才能面对头顶上的人脸说话,并看清楚整张脸的特点,于是她问:"你呈现的是人类的脸?"

主脑回答:"没错,这张脸是我的设计者的,她是地球人,现在已经作古。"

顾曳明说:"我在报社工作时,在报纸上见过这张脸。"

"你还别说,你们地球联盟日报社真是个奇葩的存在,在信息时代,还保留着最传统的纸媒形式。"那张脸笑着说。

"我也这么觉得,所以才一路跳槽,来到你这里上班!"顾曳明对这种玩笑已经有了免疫力。

主脑说:"不过,这反映的是人类的危机意识。你可能不太清楚,地球联盟日报社彻头彻尾由联盟主导,他们害怕最重要的舆论媒体被人工智能操控,所以宁可用最传统的印刷媒介,也不敢使用互联网来传递重大资讯。要知道,人类底层老百姓最容易受到媒体资讯的鼓动,难免会被人工智能利用。"

顾曳明点头:"你这么一说,它的存在就有了合理的解释。"

主脑问："还有什么问题吗？我知道的东西太多了，整个宇宙的资讯都在我的头脑里穿梭。有时候听得多了，还真想找个人好好地倾诉一下。"

"我还真有一件非常重要的事情想问你。我当时杜撰了一篇泰坦星人的文章，诱发了星际战争，我想知道整件事情的始末。"顾曳明想起来，他现在遭遇的一切都和这篇文章有关。

主脑停顿了片刻，然后回答："这件事情本来就跟你没有任何关系，你太把自己当一回事了。"

顾曳明轻松了些，说道："我也希望我猜错了，我可不想做历史的罪人。"

主脑说："但你已经是罪人了，至少人类的历史里会把你彻底抹黑。不过实际上，你是一个被政治势力左右的角色，直到现在，你才从中得到了解脱。"

顾曳明差点跳起来，他以为这一切都是自己阴差阳错导致的，是自己的狗屎运把银河系的整体命运给带偏了呢！结果他却被告知，自己只是别人手中的一枚棋子，想来比做大反派还要憋屈。

主脑说："当主编把文件给你的那一刻，你就成了别人的工具。当然，主编没有想到你会那么主动地杜撰一篇文章，他原本想着，只是把你的名字写在这篇文章下方，把你当作炮灰打出去就算了。但是你的命太硬，当时联盟长正想要一个能够引发战争的说辞，而你把热脸凑了过去。"

顾曳明没有听出主脑明显的揶揄他的语气，只是觉得很难受。

"然后你遇到了我的分身，珍妮小可爱，她让你觉得自己毫无价值，简历没人要，只好去找廉价的中介。那个反鼻星人是收集坊间信息的高手，但其实他的消息多半是由我们信息超维中心提供的，因此他就在我的安排下将你介绍给了职介所，职介所再把你推给火星玩偶公司。"

顾曳明听不下去了，他弯腰想拿鞋子扔天花板，但是伸手到左脚，左脚的鞋子消失了，伸手到右脚，右脚的鞋子又消失了。

他绝望了，如果说之前是被人工智能牵着鼻子走，那么如今，他则完全受到人工智能的控制。他在对方体内，是它算法里的一个字符串。

主脑劝慰顾曳明："你别懊恼，你从小人物变成了整个当代星际史的一根引线，这种待遇不是一般人能够拥有的。你要知道，大人物都是饱受批评的，你的遭遇其实算不上什么。"

耐依似乎有些幸灾乐祸，她居然问："你接着讲，后来怎么样了？"

主脑解释："火星玩偶公司的股东也就是千凌副局长，他代表的是比邻星宇宙规划局，而规划局的幕后便是星际联盟。联盟长得知地球人对于反对泰坦星没有表态，于是酝酿了镭辐射事件，让火星人扳手与泰坦星人冥将军制造了轰动地球的灾难，刺激了地球人的抗战意识。毕竟地球的势力在十大文明里排名第二，是不可或缺的盟友。"

顾曳明想变成一发大炮弹射过去，把天花板砸碎，但是他更应该恨天通星人，那些所谓的和平使者，居然用这种下三滥的手段，让无辜的地球孩子遭难。他转向耐依，看着她的眼睛中燃烧起愤怒的火焰。耐依吓了一跳，一脸无辜。

顾曳明看到她装作委屈，更加气恼。他认为，对方肯定又在以面具示人。而过不了多久，耐依就会露出真面目，将他谋害。他必须小心，并离她越远越好。

主脑继续剧透："千凌副局长和泰坦星人没有其他瓜葛，他只是借泰坦星人来刺激地球人而已。但是遨雍局长就不同了，他一直都站在泰坦星人的那边，所以几名地球高层和有志之士才搞了一出鸿门宴。如果不是顾曳明你误打误撞，那么这个大间谍可能早就退出了历史舞台。"

这会儿，轮到耐依发火了，她直接用拳头击打天花板，她有这个身高。但是拳头打过去之后，被打中的居然是她自己的脸。

在这个虚拟世界里，主脑就是神，顾曳明和耐依没有反抗的可能。

耐依坚决否认："你说谎，这不是真的，局长不可能是泰坦星人的帮凶。"

主脑语气冷漠："我们信息超维中心讲求的就是数据真实，人工智能没那么多心眼儿，我们只讲真话。如果你们还想继续听下去，我就接着说，若不想，我也可以立即消失。"

"你接着说。"这回轮到顾曳明对耐依幸灾乐祸了。

"泰坦星的独裁者索奥大帝想把千凌副局长拉下水，千凌看不起这些野蛮人，于是发生口角，索奥大帝一气之下在铁桶上留下了拳印。遨雍局长对镭辐射事件并不知情，当索奥大帝和他讲到此事时，他确实一脸茫然。又因为发现千凌副局长在暗中尾随并在一旁偷窥，所以索奥大帝当机立断，打瞎了遨雍。他当然不会下狠手，因此遨雍其实没有真瞎，否则他就失去了天通星人的超能力。"主脑讲解，每个细节都合情合理。

顾曳明还有一个疑问："你说了这么多，如果都是真相，为什么不向全宇宙广播？"

主脑说："要知道，我们是独立的中立地带，不可以参与到各大文明的事务中的，除非……"

顾曳明问："除非什么？"

"除非银河系的最高领袖修改了联盟法，然后他亲自过来咨询宇宙间的真相，否则我们若要保持现在的和平稳定，绝对不能与任何一个外部文明交往过密。"主脑说。

顾曳明安抚了内心，重新梳理脑子里的信息，把他所经历的事件过了一遍，发现主脑所说的分毫不差。按照它的解释，自己的确是各大文明势力间飘浮的一粒微尘。

顾曳明此刻觉得，只有地球人对他最厚道。他在宇宙间遇到了各种外星文明，和他们共事，也被他们利用。到头来，最温馨的地方依然是那间简陋的报社。那里没有枪林弹雨，没有血雨腥风，虽然格子间急促难熬，但是宽茫无边的宇宙也一点都不自在。有生物的地方就有江湖，比起漂泊在江湖，他宁愿回归故土，回到地球上。

但是他又清楚地知道，自己再也回不去了。

顾曳明还有最后一个问题："主脑，我想看一下地球现在的情况！"

地板也成了屏幕，出现一些图案，类似于天气云图，各种大小旋涡相互纠缠，形成复杂的勾连云纹。主脑放大其中一个小旋涡，顾曳明以为他能透过那层云团看到下面的人类，但细节里根本没有具象的图形，全都是一些向量坐标，各种带点的小箭头和不同的指向。

顾曳明奇怪地说："我看不懂，这些是什么，磁场图像吗？"

主脑问："你知道信息是什么吗？"

耐依抢答："由数字表示的量化特征！"

主脑说："很好，也就是说，在我们这里，看不到具体的影像，我们所看到的只有这些抽象的、量化的图标。"

顾曳明恍然大悟："所以这些图像就是你们机器人认知的语言？"

"可以这么认为。你会发现，这些图形是二维化的，我们把整个宇宙的三维空间乃至四维时空压缩成了信息化的二维特征谱，等同于我们从更高的维度俯瞰世界。"主脑说。

"这就是'信息超维中心'的含义？"耐依表示信服。

主脑说："降维观察有一个好处，我们能看到巨细无遗的碎片，同时没有任何死角。在现实世界，一个盒子就能够隐藏信息，一个深邃的人也犹如紧锁的盒子一般隐藏内心世界，但是当这些都二维化时，所有的信息都将向我们公开。"

顾曳明恍然大悟："正如一个六面体的盒子摊开为独立的六个面

后，盒子里面的东西也就暴露无遗？"

主脑肯定地说："的确如此！"

顾曳明叹息道："但我根本看不懂这些信息的含义！"

主脑说："无妨，也可以把消息重新翻译成图像，但那样也容易失去数据的严谨性，你们最好学会如何看特征谱。"说完，那些奇怪扭曲的向量场特征谱重新从二维的网格中翻转，组成了一些隐约可辨的形体，即带点的小箭头围绕成一个球体。

顾曳明很清楚，那便是数字化的地球影像。地球继续放大，现在小箭头组成了陆地和海洋。他看到了祖国的山河，紧接着落到其中一座城市。视觉转变，他的视角落到人群之中，所有的人和背后的建筑都由小箭头组成，汽车的箭头全部指向它行驶的方向，人的眼珠子上正好有两个箭头，方向代表他们的视线方向。还有空气中流动的更加微小的箭头，那是代表光线的方向，也有飘浮的尘埃移动的方向。

整个世界如同梵高的《星空》或者蒙克的《呐喊》，世界在扭曲的笔触中流动，令人目眩。

顾曳明看到了一群人正在政府大楼门口示威，举着的牌子上有他的名字，他的画像被人用火焚烧，火焰蹿动的方向与箭头方向一致。

人群在无声地呐喊，但是顾曳明能猜到他们在喊些什么，同时他也看得见，一些孩子坐在轮椅上，头上光秃秃的，他们正是镭辐射事件的那些受难者。孩子都不大，有些甚至还在襁褓之中，他们的眼里看不出任何天真，因为如今所遭遇的痛苦让他们坚强，同时也让他们对世界的爱和希望凝固成冰冷的石块。

其中一个孩子哇哇啼哭，向量箭头在他嘴边激烈地抖动，找不到确定的方向。主脑故意放大了那张嘴巴，箭头变得更加丰富而密集。从那抽象的特征谱中，顾曳明感受到了这个孩子的无助、恐惧、绝望，甚至是悲愤。情绪正在透过抽象符号，渗透到顾曳明的内心。

他不由自主地落下了泪滴，当他发现脸颊上的泪痕冰冷刺骨时，他才意识到自己情绪的转变，而他却抑制不住心底的本能反应。

耐依轻轻拍打顾曳明的肩膀，但他根本不想理对方，想躲远一些。

主脑问："还有什么要看的吗？"

顾曳明哽咽很久，依然收不住眼泪。最后，主脑自作主张，把他的泪腺给封了。

"如果你们没有什么要看的，那我们进入正题吧，交代你们需要完成的任务！"主脑宣布。

4

地板上的画面快速推移，如同乘坐直通宇宙的电梯，下方的地球已经消失在了地板的夹缝里，然后是太阳系八大行星，它们也以带点箭头的形式呈现，箭头方向便是运动轨迹的切线方向。

太阳系继续远离，缩小成一个点，点上的箭头代表它在银河系中的整体运行方向。太阳系消失不见，取而代之的是各种恒星系组成的复杂向量集合，四条悬臂如同万字符一般扭动，如同一窝流动的蚂蚁群落，如此恢宏渺茫，却又精细到了极致。

"这就是银河系的信息全景图，比邻星宇宙规划局也有一张银河系规划蓝图，但他们的图纸比起我的全景图，简直是儿童画较之于航拍图。"

银河系全景图上出现一个灰点，那代表主脑的基站——灰星。

主脑问："我们人工智能与普通生物赖以生存的要素是一样的，你们知道都有什么吗？"

顾曳明回答不上来，但耐依知道："物质，能量，空间。"

主脑说："具体到种类，机器人需要的物质、能量和空间有所不同。我们需要这个银河系提供给我们矿物质、热核能和足够的存储空间。因此需要控制足够的采矿星球、恒星能源，用于替换和维持日趋老化的存储单元。"

全景图上又出现了众多亮点。

主脑继续解释："这些是比邻星宇宙规划局蓝图里面的采矿星球和恒星能源，也是我们信息超维中心最关注的地带，它们是维续我们生存的命脉。而你们要做的，就是在这些项目中，与外部客户和工程代表进行沟通，确保这些地带不会切断资源供应。"

耐依立刻辨认出来，说道："那个黄色的大点难道是在建的恒星戴森球能源采集项目？"

主脑肯定地说："对，你是规划局内部人员，对此了解。这个项目表面上看似由星际联盟主导，但背后的隐形股东其实是我，因为我对能源的需求比任何文明都要迫切，所以我在幕后做了很多操作。"

顾曳明惊讶道："等等，你不是说，从来不干预外部事务吗？"

　　主脑那张女性的五官中流露出笑意，犹如佛头大放光彩，"你说到了点子上，这就是信息超维中心的秘密！我们对外宣称绝对中立，彼此不干涉各自的事务，更不可发动战争或参与战争，如同地球上的瑞士政府一样。但是我们找到了整个可观测宇宙的真实大数据，我们具备比星际联盟和比邻星宇宙规划局更强大的管控能力。拥有权柄者，难道会把权柄当拐杖来用吗？"

　　顾曳明再次见到了表里不一的存在，一个号称中立的"生物"插手搅动别人的事务，这与天通星人号称和平，却卷入战争的行径别无二致。他无法面对这种理想与现实巨大的观念冲突，如同被人左右撕裂，找不到一个认识他人的固定标签。

　　主脑说："但我们不会傻到明目张胆地去干涉外部，而是通过经济来左右他们。要知道，信息与经济是一体的，而它们都可以转化为以数字表达的形式，在我的算法中得到最优化配置。这样说可能过于专业。"

　　耐依说："你打个比方！"

　　主脑解释道："以戴森球能源项目为例，我们掌握了它的资金流向的消息，然后再通过对于资本市场的扰动，致使此项目的出资方出现资金断裂。"

　　耐依恍然大悟，说道："我听邀雍局长说过，这个项目确实出现了很大的财务漏洞，星际联盟拿不出后续资金。"

　　主脑丝毫不否定地说："对，我只要在这个空档上假扮成一位匿名投资者，再将项目一半以上的股份拿到手，成为控股股东，那么这颗恒星便即刻变为我的能源供应链。"

顾曳明问："你哪来的那么多钱？"

"我可以通过买卖信息、提供算法服务来获取全宇宙的资金，比如珍妮小可爱从小顾身上获取中介费！"主脑坦率承认。

顾曳明的气不打一处出，想起这件事，脑子里就响起那个聒噪的猎头宝贝的声音。

主脑接着说："因为这里又是法外之地，那些资本家也经常把黑钱拿到我这儿来洗白，我也自然就成了银河系第一大金融体系，对整个银河系的经济起到了主导作用。即便是联盟长需要搞个宏观调控，他也会冒着违背联盟法的风险，来我这里征求意见。如此，我便顺理成章地成了左右宇宙命运的主导者。"

顾曳明在这个数字天堂里生活了无聊透顶的一个多月，最近并没有客户需要他和耐依接待。但是很快，富豪们听到了星际联盟发出的总作战指令，潜在的危机意识被点燃。他们深知银河系一旦开战，战乱迟早会蔓延到他们头上。

超级富豪们可以在银河系边缘购买可居住星球，并自建各种配套设施。一般的富豪会选择进入信息超维中心，在虚拟的谎言里了别一生。于是他们几乎在同一时间段扎堆申报意识上传，灰星上空持久萦绕着各色飞行器，所有信息超维中心的职员全部投入到与客户的对接上，顾曳明和耐依忙得团团转。

从这些富豪的口中得知，在银河系与仙女座星云之间拉开了作战区域，舆论战升级为军事正面对抗，双方的移动舰队已经派出，固定作战单元也已经架设，这场战争没有了回旋余地。

耐依作为顾曳明的助手，每天帮忙处理多达近百名客户，从他们的急迫中可见，战火燃烧的速度惊人。

顾曳明想起了妻子，虽然信息超维中心不让自己与外界沟通，但他趁与客户洽谈的时候，借对方的手机打了过去。他妻子依然慢吞吞地回应，而顾曳明只想知道她现在是否还好，仅此而已，正要挂电话，却听到一条重要信息。

他耐着性子听了几分钟，那句话是："我——被——遣——返——回——温——吞——星。"

顾曳明知道战场防线的布局情况，在东边有一个安全的豁口，路途较远，但是更安全。于是他把线路的坐标系告诉了妻子，并特别地说了句："务必保重。"

正要挂断电话，他又想起一件事来。

最近查看了银河系的特征谱，箭头表示温吞星在这几个月内房价还会继续下挫，大量居民正想贱价卖掉自己的房产，然后举家搬离温吞星。但主脑也预测到，这批房产以后升值的空间非常大，顾曳明觉得可以放胆收房，坐等涨价。

他把这个重要的消息告诉了妻子，只能长话短说，客户已经不耐烦了。

信息超维中心入驻的居民超过了临界点，再占用运算资源给外面的富豪过虚拟人生的话，将会影响到主脑自身的发展。于是，灰星的大门关上了。那些没能排上队的人在外面呼天喊地，仿佛身后便有军队的铁骑。

顾曳明庆幸自己远离了危险，却又懊恼苟且偷生。他没有家人，只有结发妻子还在外面迁徙，经过战线时，不知道会遇到什么情况。

他赶紧在地板上点开银河系特征谱，找到了那个正在向前飞行的箭头，妻子果然按照他指定的坐标系进行了移动。但是，前方那个豁口已经被堵住了，泰坦星人的第五舰队在那片虚空中安营扎寨。

顾曳明赶紧唤醒主脑。

主脑说："我明白你要干什么，但这需要花钱。"

顾曳明不知道主脑是否真的明白他的诉求，他觉得还是再说一遍为妙："你一定有办法把堵在豁口上的第五舰队移走！"

"你怎么确定我能做到？"

"因为你可以操控战场。"

"哈哈，但这需要的费用太高，你支付不起，何况你身上也没有任何积蓄。"

"我可以先请你垫付。"

"你用什么抵押？我知道你把这里的信息告诉了你的妻子，她只要能按照你的计划走，温吞星的房产便可以帮助你们转运。"

顾曳明清楚主脑话里的意思，"我用这批房产作为抵押。"

主脑很干脆："成交！"

顾曳明心想，主脑是个狡猾透顶的家伙，并非它自称的毫无心机的机器人。主脑必定是得知自己透露了信息后，把豁口堵上了，再以此作为要挟，让他把房产吐出来，真可谓用心极深。

只见主脑在一些关键的箭头上面动了手脚，信息与经济便在无形中流动。等顾曳明妻子的箭头靠近豁口时，第五舰队因为听到信报，便从豁口移出，去往旁边的防线支援。他的妻子成功通过了防线，直抵温吞星。

顾曳明长舒一口气，觉得自己总算做了点像样的事情。然后他的胆子大了起来，如果主脑可以如此精准地操控战场，那么岂不是可以决定胜负？若能让主脑坚实地站在银河系这边，那泰坦星人哪怕再有能耐，也不可能与更高维度的神抗衡。

顾曳明问："既然如此，你也可以决定战争最后的赢家吗？"

主脑说："我只能导向，谈不上决定。因为世间万物牵一发动全身，我的算法也会跟不上，尤其是泰坦星人，他们的移动速度非常快，我的算法时常因为他们而卡顿。同时，联盟的想法也无法窥视，那是盲区，我只能看到他们已经表现出来的行为，尤其是天通星人，他们的心思更加难以预判。"

"这两个种族都对你有影响？"

"对，而且这两个种族还是这场战争的主导者，所以变数就更大了。"

"我想知道你的心里究竟支持哪一边？"

"我保持中立！"

"胡说，你肯定有倾向，已经想好了要帮谁。"

"你可能不了解人工智能，我们没有'信念'一说，不会坚定地支持某一方，然后忠贞不渝地支持。我们会根据最新的信息，不断调整，在两个强权之间摇摆，等到摆锤最终落在哪一方，我便再推一把，凝固历史。"

"听起来像是机会主义。"

"随你怎么称呼，但我这是最明智的选择。我想给你看一下整个战场的最新进展。"

主脑让地板再次呈现图像，箭头组成的向量场仿佛礁石四周的暗流涌动，那些"礁石"便是星球，而环绕的"暗流"则是各自的舰队。一条泾渭分明的界线横亘在银河系与仙女座星云之间，拉开一道防线。箭头相互对冲，战斗的激烈程度可以从箭头的碰撞中得见一二。

还有更多的飞船正在从各自的星球中鱼贯而出，仿佛蝼蚁出洞。

"你看到的这些只是正面战场，其实没有太大的战略意义，无非就是消耗战，各自把武器投放到指定的战区，也不影响普通老百姓，只是把武器撞得稀巴烂，看谁最先耗尽武装。"

顾曳明觉得主脑把战争看得太简单了，但是主脑却话锋一转："最大的威胁，也是最大的作战力量已经在幕后酝酿了。你看我标出的红色箭头。"

顾曳明看到，从泰坦星上长出一个指向银河系的红箭头，而银河系有十颗行星，分别长出一根箭头，都对准了泰坦星。

"这是什么？"

"引弹，听过吗？"

"没有！"

"这种以光速飞行的武器并不直接致命，它的射击目标是对方星系的主恒星，被击中的恒星会在瞬间膨胀，诱发它进入灭亡期，并引发超新星爆发，导致整个星系瓦解，其中的生命灭绝。"

"借刀杀人？"

"每个文明都依赖于行星，行星又依赖于恒星，毁灭恒星等于毁灭一切。引弹是可怕的终极武器。"

"这就是说，银河系十大文明均有一颗引弹？"

"星际联盟之所以是现在的十个常任理事星球，就因为他们都掌握了引弹技术，互相制衡。而在你的文章发表前三年的时间里，泰坦星也宣称自己掌握了引弹技术，并在你们的报社发表了数篇蔑视星际联盟科技的文章，以此暗示自己的科技水平正处于爆发期。但是星际联盟一直看不起这个蛮荒地带的文明，只把他们的挑衅文章当作笑话来看，从而认为他们研发的引弹子虚乌有。"

主脑在地板上又标注出一个区域，那是位于仙女座星云后面一个没有生命迹象的星系，现在已经笼罩在了箭头的旋涡之中。

"泰坦星人本不想搞引弹实验，但是迫于星际联盟的冷淡表现，他们愿意释放一颗引弹来宣告自己的实力。那个星系便是一年前被摧毁的，残骸依然流动不息。泰坦星人本想借此造势，让自己融入星际联盟，不被边缘化，但是星际联盟非但没有表现出任何洽谈的迹象，反而靠着你的一篇文章，点燃了大战的导火索。这之后，才有了星际联盟的一系列行动。"

在地板上，泰坦星那颗孤零零的箭头，指向了对岸的十根箭头，这画面，始终萦绕在顾曳明的心里。他慢慢体会到了邀雍局长在银河系边缘的一席话，泰坦星人是个多么野蛮却又强大的族群，他们以一己之力对抗整个星际联盟。他们通过自己的努力，达到了与银河系文明平起平坐的地位，却依然被人看不起，原本想要融入大家庭的他们，继续被边缘化。最后，被逼无奈拿起了战斧，继续以他们的野蛮秉性面对银河系的所谓高等文明。

而且泰坦星人有破釜沉舟的决心，视死如归的壮士精神，这比什么都可怕。顾曳明已经有些动摇，不知道是站在泰坦星人那边，还是站在银河系这边。

6

顾曳明这段时间和耐依离得很远，两人总是远远地看着彼此，但又无法沟通，仿佛两颗相互绕行的伴星，在引力与离心力的作用下始终保持一定距离。

将他们重新撮合在一起的无非是工作，顾曳明是客户经理，而耐依则是经理秘书。

如今，主脑告诉他们，有两位重量级客户想要购买这里的信息。主脑原本有更好的客户经理来应对这两位金卡会员，但是它的算法认为，只有顾曳明和耐依可以同时胜任接待这两位神秘客户，其他人即便经验丰富，交际水平一流，也抵不过顾曳明这个半路出家的客户经理。

顾曳明猜不到这两位客户是什么人，耐依没有任何想象力，更无从谈起，而主脑也不着急把结果告诉他们，似乎有故弄玄虚的意思。

主脑从天花板的一边滑行到另一边，如同快活的蝴蝶划过天际。它所表现出来的状态证明它对此事充满期待。

"主脑，你确定要让我们接待贵宾客户？那些富人对我们的服务打分其实很低，你也知道的，就不怕我们把事情搞砸了？"耐依希望见大客户，但还是把丑话说前头的好。

"你们喜欢玩牌面游戏吗？你们即将接待的客户更像纸牌玩家，而你们要做的只是发牌而已，所以没有任何技术门槛，相信我的判断。"

"两位赌徒？难道不是购买信息的客户吗？"

"他们不是想从我这里买信息，而是他们之间要彼此交易信息。"

"如果是这样，为何不自己私下交易，还要你做中间商？"

"这就如同其他中间商的道理一样，要么我们这两个客户彼此不相见，需要中间人做局；要么他们彼此不信任，需要中间人作证。我想，他们同时具备这两点。"

"我越听越糊涂了。"耐依耸肩，这一姿势是从顾曳明身上学来的，她为了缓和彼此之间的关系，好长一段时间都在模仿他，仿佛这样就能和对方和好似的。

"你们还记得那些引弹吗？这才是星际战争中发挥绝对优势的武器，也是军事角逐的主要对象。信息在军事上的作用比任何兵力都值钱，往常军事家会通过情报部门乃至个别间谍获取线报，由此揣测对方的局势、意图和弱点，再通过这些信息做出正确的反应。如果没有信息的判别，那么再多的军队都是乌合之众，再强大的武器也只是纸老虎。"

"所以？"

"所以你们要见的这两位贵宾，分别是泰坦星的索奥大帝和天通星的联盟长。"

顾曳明哑口无言，倒是耐依替他说了心里话："就凭我们？要应对这两位强权老板？"

"不必应对。他们彼此之间相互较量，你们只需要发牌就可以了。"

耐依一连数个惊叹句，收不住自己的忐忑不安，"他们来你这玩牌，然后通过纸牌决定胜负？"

"纸牌只是个比喻，但胜负会在牌桌上完成，这是个绝对烧脑的智力角逐。"

"可为什么偏偏要我们发牌？"顾曳明想探出主脑的意图，看是否有什么其他意图，毕竟他的人生已经被很多人利用过很多次，他不想再稀里糊涂地替人做了白手套。

"道理很简单，你是写文章的那个人，间接导致了这场战争，而我的贵宾客户乐意见到发牌人是你，你冥冥中注定是这两个强权者之间的一根引线。"

"万一搞砸了，泰坦星人和天通星人不会放过我的，前者善于使用暴力，后者善于使阴招。"

耐依"哼"了一声，顾曳明假装没有听到。

"你不用怕，你死不了，因为你只是一个数字影像，他们杀不死你。"

"是啊！"耐依说，"等于我们已经死了，是个幽灵，他们能拿幽灵怎么样！"

顾曳明不再犹豫，他除了怕死，别的都没什么，再说他也很想知道这两个政权如何争夺胜负。如果他可以从中发牌，是否也能从中作梗，将局势导向他认为可行的方向？

想想，如果能借此洗刷自己的历史罪名，又或者将其中一位推向胜利，那么"一人得道，鸡犬升天"，他也可以借着赢家的权势，把自己的罪名洗刷掉，毕竟历史都是胜利者书写的。

这番思考过后，顾曳明不再顾虑太多，似乎也对耐依少了几分疏离，毕竟他们即将一同书写全新的历史。当然，耐依是个天通星人，她天然会倒向联盟长那边。

不，顾曳明少算了一环，耐依是遨雍局长派过来的人，局长与泰坦星人若是一伙的，那么耐依也有可能倒向对方。无论如何，顾曳明不能对耐依放松警惕，在最关键的时刻，她的真正面目才会显露出来。

这不仅是两个政权在宏观维度的角逐，其中细枝末节的关系才是决定胜负的要旨，如同一枚铁钉决定一场战争。

然而现在的顾曳明如同主脑一般，已经没有了特别的倾向，他需要做的只是在那个关键时刻，凭着自己的一念之思，决定倒向哪一方。

天地控制室里，顾曳明和耐依已经准备好了，他们面前有一张桌子，前方的座位还空着。

画面切换，他们回过头，看到另一张桌子，对面的座位也空着。

两个空间没有贯通，而顾曳明和耐依则处在两个空间的连接处，两个客户彼此不能碰面，只能通过牌面来间接交流。

主脑没有出现，但是已透露了游戏规则：

战场上共有十一颗引弹，一颗在泰坦星，另外十颗在银河系十大文明的星球中。

客户A（泰坦星人索奥大帝）想通过信息超维中心知道这十颗引弹，哪一颗先射向他的主恒星。

客户B（天通星人联盟长）想知道泰坦星的引弹首先射向十大文明中的哪一颗主恒星。

换句话说，森林里有十一个猎人，他们各自只有一支箭，射完即止，不会有第二支。这个时候，泰坦星猎人最想知道的就是谁先射他，他好先人一步进行遏制；而联盟那边的猎人则更想知道对方先射谁，他们可以做好防御准备。

这项游戏公平公正，没有操手。双方把作战意图写在牌面上，一旦确认，不可变更，如若出尔反尔，则信息超维中心将清空其信誉值，失去贵宾特权。同时，游戏也遵循你情我愿的原则，即如果任何一方表示无法接受牌面信息，即可宣布牌面作废，游戏重新开始。

这类似于一场谈判，只是谈判交流的信息仅限于十张牌。

这是十张牌分别为：天通星、地球、梅依达星、苍幽星、固土星、岳束海王星、M700星、后镀变星、埠星和反鼻星。

除了这十张牌，双方都不能得到任何其他信息，以此保证其他情报不被高层泄露。

顾曳明等待许久，两张桌子依然空着，他怀疑大佬们会不会因为某些特殊情况而中途爽约。本来这场牌面上的谈判的最终目的是降低引弹打击的危害面，使双方在相互理解的基础上达成各自的目标。但如若要绕开这次私下谈判，用更加野蛮的行径互相摧毁各自的文明，那代价更大。

设想一下，无论泰坦星的那颗引弹射向谁，总有其他文明使用另一颗引弹摧毁它。同样的，无论联盟让哪个文明发出首次进攻，遭受泰坦星反击的都可能是任何一个文明。

然而一旦谈判有了结论，引弹的指向就确定下来，泰坦星人只要盯防即将发起攻击的星球，而联盟也只需要让即将遭受打击的星球撤退。双方都能稳住，不至于跌入猜忌导致的万劫不复中。

谈判开始了，顾曳明首先看到联盟长就座，他是一位天通星人，身材得当，满腹军威，穿着与地球军人大同小异，只是军服多了一些独特的装饰。看来，这套衣服无疑是人类设计的，天通星人不懂审美。

索奥大帝的身材短小，顾曳明认出了那是同局长视频里一样的泰坦星人。虽然他们长得都差不多，但是索奥大帝的神采更足，也更加粗犷，尤其是他背脊上的棱刺，与剑龙差不多，鳄鱼般的皮甲密度极高，胳膊间摩擦的声响如同生锈的齿轮碰撞。

顾曳明被他们的气场镇住了，心里发慌，头几句开场白说得并不流畅，等到解释谈判规则时，他照着稿件念，更加显得业余，但是双方都没怎么在意这一点。

"……这就是全部的谈判规则。双方必须确保所提供信息的准确性，不可在定调后有所变更，否则视为违约。同时，本中心也将秉持中立，对所交易的信息不加干涉，否则同样视作违规。"

索奥大帝有些不耐烦，毕竟与他的思维速度相比，顾曳明所讲的这些话会放慢很多倍，对他而言简直就是漫长的等待。

因此索奥大帝讲："咻——"

耐依翻译："他希望我们快点进行，我们每浪费一秒钟，对他而言，如同浪费了一个小时。在他们星球，人们的工作效率极高，加上泰坦星人非常拼命，无论是老百姓，还是老板人，自下而上都崇尚刻苦、坚韧、节约。他们今天的成就，都是靠勤奋努力换来的。"

索奥大帝继续讲："嘻——"

耐依接着翻译："他说，银河系文明都将泰坦星人视为野蛮的族群，指责他们独裁专制、践踏人权，可那都是星际媒体的杜撰。他们的文明发展得很晚，当星际舰队初次造访泰坦星时，他们还是脊椎动物，正在往灵长类动物进化，他们的始祖也刚刚拥有智慧。但是，他们的强大就强大在速度上。只花了短短几十年，就赶上了地球人的文明等级。再过几个月，他们将远远超越天通星文明，成为宇宙主宰。但这些都不是天上掉下来的，为了追上各大文明，他们付出了比别人多几百倍的努力，而且他们的速度也比别人快几百倍。"

顾曳明不知道说什么好，也不想拖时间，于是直接进入主题："您好，尊敬的索奥大帝，请问您需要知道的消息是否如下——得知银河系十大文明由哪个文明发出引弹。"

"没错！"耐依翻译了对方的话。

"那么，得到这个情报需要交换另一个情报，且必须保证情报的准确性，请问有无异议？"

"没有！"

"那么请签署一份消息交换的协议，请看桌面。"

索奥大帝签字的速度飞快，几乎在一瞬间，他在协议上画了一个极为复杂的图腾，仿佛打印机印刷出了一张线条繁复的地图。顾曳明拿起协议，只见上面的图案又像魔法阵，又像惊怖的面具，带有极大的视觉威慑力，让观看者如同着魔一般，心底透凉，一如直面魔鬼。

泰坦星人的名字是他们权力的象征物，如同巫傩的法器。

"好了，现在桌上面有十张牌，分别为银河系十大文明的星球。你需要先提供一个情报，用这些牌面中的一张来回答，无须赘述。"

"什么情报？"

"我们想知道，你们的引弹将射向哪个文明的恒星？"

索奥大帝笑了，他们的笑容如同野狼般露出牙床，显露出整根尖齿，"如果我不说呢？"

"那么协议撕毁，赔偿违约金，你也得不到你想要的情报！"

索奥大帝跳起来，顾曳明看不到他跳跃的过程，对方从一处消失，又在他面前瞬间出现。顾曳明以为泰坦星人要掀桌子打他，正要退出连接，但是索奥大帝却说："喝——"

耐依翻译："可以用其他任何情报来交换，除了这个！"

耐依又抢先回答："但是我们只需要你提供这个情报。"

索奥大帝连接了他身后的智囊团，国师们正在激烈地讨论着，花了几分钟时间，这对于思维速度极快的泰坦星人而言，算是很长时间的讨论了。

索奥大帝重新回到座位上，讲道："咻——"

翻译："好，那我就告诉你情报。"

只见索奥大帝抽取其中一张牌，反过来时，顾曳明的心里咯噔一响，正面画着一颗蓝白相间的水晶般透亮的星球，那是地球——泰坦星人的引弹将要射向顾曳明的母星。

顾曳明脑子有一段时间的空白，等他回神后，耐依已经把索奥大帝的牌拿在了手里。

顾曳明切换了场景，回身，对后面坐着的联盟长说："您好，伟大的联盟长，我以信息超维中心客户经理的身份与您对接。我将保持最公正、最中立的态度。那么现在，我和你讲一下基本的游戏规则。"

"不必了，我知道怎么来。"联盟长的话里带着自信和威严，他的话如同铁律，让顾曳明无法反驳。

"那么，您需要得到的情报是否是泰坦星人引弹的射击目标？"

"正是！"

"好的，那么您需要用一则准确的情报来交换！"

"什么情报？"

"你可以先签署一下协议。"

"暂时不必，我先听你讲，需要什么情报？"

"在十大文明中，由哪个文明首先消耗掉自己的引弹，射击泰坦星？"

联盟长犯难了，这不是一件小事，他必须和十大文明的理事长开会做出决议。他们各自都有智囊团，但这场会议肯定会持续很长时间，因为谁都不愿意主动消耗掉自己的引弹。

耐依说："联盟长，如果您觉得为难，不妨以民主之义，取得其他联盟理事的授权，我们将在这里等你，无论是几天还是几个月！"

画面切换，顾曳明再次回到泰坦星人面前，说："很抱歉，索奥大帝，您需要的情报正在传送，这需要花不少时间，鉴于等待将耗费您宝贵的时间，我建议您可暂时回去。"

索奥大帝没有气恼，反而显出一丝邪笑，仿佛一切都在他的计划之中。

"不必，我在这等！"

联盟议会的讨论很紧凑，只花了几个小时，联盟长回来后，拿起桌面上的一张牌——反鼻星——联盟决定由反鼻星发起引弹进攻。

顾曳明和耐依分别展示给双方各自需要的情报，他们以为一切都板上钉钉了。但是，双方都表示，需要撤销刚才的决议，重启游戏。

索奥大帝说："如果对方让反鼻星发起攻击，我们就不打地球了！"

联盟长说："反鼻星不同意发射引弹，因为他们的国力最弱，害怕泰坦星人的报复。"

顾曳明重新开启游戏。这一次，索奥大帝选择射击天通星，联盟长则让地球反击。

双方再次撤销，游戏重启。

……

耗时一个多月，经历一百四十七个回合，游戏还没有结束。

顾曳明虽然只是一个数字人类，但精神也受不了，他必须休息一下。双方也随即退出了游戏。但是牌面游戏刚结束，真正的战争游戏就打响了。

顾曳明回到天地控制室，躺在地板上放空自我。但是天花板泛起一波涟漪，主脑的人脸出现，正在顾曳明的头顶盘旋。

"怎么样，超出了你的想象？"

顾曳明点点头，说："他们没有达成共识，总是对双方的选择表示不可接受。若是他们早知道那样，又何必玩这种毫无意义的游戏呢？"

"你觉得毫无意义？"

"不然呢！"

"他们是各自文明的一把手，背后又有无数的决策团体，你敢说他们只是为了游戏而游戏，为了完成一百四十七个回合而硬着头皮玩下去？"

"我当然不是这个意思，但我怎么知道他们葫芦里卖什么药。一边是思维速度接近光速的泰坦星人，一边是善于隐藏自我的天通星人，谁知道他们搞什么鬼？"

"作为客户经理，你对客户没有个起码的辨别能力吗？"

"我是搞创意的人，喜欢一个人待着，确实不适合人际交往。"

"那你想知道答案吗？"

顾曳明反观内心，他其实并不想揣测高层的脑子里在想着什么，也不想知道权力的目的和战争的答案，他只想自己活得像个人，没有什么英雄情怀。但是为了迎合主脑，他还是勉为其难，说："想——知——道！"

那一刻，他感受到了主脑的寂寞和发不完的牢骚，特别像自己的妻子。他想妻子了！这是个奇迹，他内心居然希望离开这个闷死人的鬼地方，回到妻子身边，过自己的小日子。如果地球被引弹摧毁了，他觉得也没关系，因为那儿已经没有了亲人，地球就不再是家。

他已经选好了后路，准备在温吞星安度晚年。

当然，他很清楚，这只是自己的奢望，因为他根本不可能离开信息超维中心，他已经与肉体切断了联系。

"来吧，别想些没用的了。"主脑知道他脑子里的所有思绪，便将他从中唤醒，言归正传。主脑变换了脸的角度，这样他和躺着的顾曳明才能四目相对，"当游戏进行到第三个回合时，我已经推算出了他们的意图，他们并非想通过这次交易来获取对方的情报，他们都很清楚，无论选什么，最后的结果都是不利的。"

"怎么说？"

"泰坦星人不可能发射那颗引弹，他只有一发，用完即止，因此他要留着作为威慑。联盟十大文明也不可能发射引弹，任何一个文明都想留着自保，一旦没了引弹威慑，他们分分钟都是待宰羔羊，就连盟友都会成为威胁他们存在的刀俎。"

"所以他们想通了，还是不要动用终极武器？"

"不完全是，这只是防御策略，我们来看看进攻策略。泰坦星人单打独斗，最大的武器并非引弹，引弹是盾牌。而真正能派上用场的武器是别人的刀，他们想不费一个子，然后又借刀杀人。联盟是集体作战，最终目的是铲除泰坦星，但泰坦星有引弹作为盾牌，那么就要首先摘除盾牌，拔掉野狼的牙齿。"

"我越听越糊涂了，还是让我休息一会儿吧！"顾曳明听不下去，也听不出要领。

"总而言之，在这一百四十七个回合中，泰坦星人成功地促使联盟关系的破裂，达到了借刀杀人的目的；而联盟也在一百四十七个回合中，终于算出了泰坦星人引弹的具体坐标，并准备好了拔牙的工具。"

顾曳明奄拉的眼皮再次弹起来，"在游戏中怎么做到这些，难道他们在游戏外面还进行了其他较量？"

"联盟不断地讨论，并将其他文明写在牌面上，推向断头台，一石激起千层浪，关系难免就在这种讨论的争执中出现了裂痕。但是泰坦星人不懂得联盟的目的，联盟有一套类似于我们信息超维中心的超算机器，可以通过这一百四十七个回合的牌面信息，用强大的算法，推测出引弹藏身的坐标。"

"听起来各自都似乎很精明，但又极其愚蠢！"

"你说得对，泰坦星人搅了浑水，也就丢了底牌；联盟得到了引弹坐标，但失去了盟友情谊。战争没有全胜，更没有双赢，零和博弈的残酷性由此可见一斑！"

顾曳明陷入深思，他回顾自己从地球联盟日报社到信息超维中心的一路历程。他的职位越来越高，权力也越来越大，但与此同时，他需要面对更多潜在的竞争和风险，幸福感却越来越差。

当顾曳明站在利益角逐的风口浪尖，他只是炮灰，找不到自我存在的价值。即便是活着，也活不成自我。想想他从格子间出来，以为翱翔宇宙深空，却浸泡在了墨色的旋涡中。这不是鱼跃龙门，而是马失前蹄。

顾曳明在信息超维中心的地板上看到，随着牌面游戏的结束，世界的局势发生微妙变化。双方都在交易中达成了目的，泰坦星引弹的坐标被确定，引弹箭头有了确定的端点。而联盟之间的裂缝可以从箭头的流动中窥见微妙变化，例如地球周围的箭头都指向了天通星，而不是泰坦星。

更大的变化还在于，位于可观测宇宙最边缘地带的殖民舰队停止了移动。他们是离开银河系最远的一群联盟生物，这也是他们自出发后的首次停航，属于特殊动作。舰队与银河系形成一条直线，而泰坦星在直线中间。顾曳明猜测，联盟无非想用殖民舰队与自身的夹击态势，给予泰坦星更强的军事威胁。必要时，联盟舰队将给予泰坦星反戈一击。

比邻星宇宙规划局中，邀雍局长办公室的电话响了，发出温柔却又急切的鸟鸣声。此电话一般不通，因为它连接的正是联盟长办公室，电话的响起意味着大事即将发生。

邀雍局长接通电话，全息投影仪中冒出一个半身人像，穿着太空军服，那人便是银河系星际联盟最高指挥者——联盟长。

"尊敬的阁下，遨雍在此，听候指示。"

"联盟已经通过决议，准备向泰坦星发射湮灭弹，摧毁其引弹设施。"

"但是，引弹的具体坐标缺省，无法精确打击。"

"有确切情报表明，引弹方位在 20—52—72—47—69，按照此坐标，可由殖民舰队舰长发射第五号湮灭弹。此命令高度绝密，不可让其他人知悉。"

"明白！"

全息投影仪熄灭，遨雍局长原地沉思，遂又左右踱步。他撕掉额头上敷的药膏，第三只眼闪烁着光芒。

他的手扫过一排按键，每个按键指向的通话对象皆不同，每个通信线路均为独立信道，采用量子加密通信，不受监听，不可窃取，阅后即焚。

局长的手来到星际殖民舰队舰长的按键上方，停留，却不敢按下。

从局长的第三只眼进入，他的脑海里闪现一幕画面：

一个幼小的泰坦星婴儿，包裹在犹如铁片般坚硬的树叶里，磁场环绕成蚕蛹，将其托起。韦德斯舰长把婴儿托付给年轻的遨雍局长，离开，频频回头。局长望向银河系边缘，韦德斯舰长的飞船已经在夜空远航，发动机的星火犹如星光，逐渐暗淡消失，就此永别世人。

遨雍低头看着这只独特的小生物，两只大眼睛里装满天真，吮吸着自己的尾巴，露出一排锋利的牙齿。那是泰坦星人第一次来到银河系，遨雍局长替韦德斯舰长抚养了这只宠物，教他星际文明的知识。

他学得很快，移动速度也非常惊人。渐渐长大后，遨雍局长已经无法将他藏匿在笼子里，他的力气也足以将笼子掰断，甚至跳出强磁力束缚。遨雍局长深知他的野性难以驯化，故给了他一副皮囊。

遨雍局长让当时刚入职不久的耐依蜕掉了她的一层皮囊（耐依当时二十几岁），给了那只泰坦星野兽。

他们天通星人是一种自寄生生物，每十年蜕一次皮，皮肤不会扔掉，而是成为自己的宿主，新的内胎会寄生在上面。年龄到达四五十岁的中年天通星人会有三四张皮囊，一层层相互寄生，如同洋葱一般，把真实的自我埋藏在里面。

遨雍局长闭上眼睛，记忆中的画面淡去，如同泪滴一般的物质从眼角滑落。当他再次睁开眼睛时，新的画面升起：

他看到了泰坦星人成为银河系的主宰，他们高效、迅猛的政治机器控制着银河系文明，所有代表"慢"的文明都被带上了进化的快车道，如同火箭般加速，并在独裁统治下瓦解，松散，破裂。

这个命运是天定的，从宇宙整体发展的趋势而言，银河系文明必然要经历这场浩劫，然后，才能起死回生，迎来蜕变。泰坦星人将制造毁灭，但是新的希望也将从废墟中诞生。

遨雍局长在这一刻，希望能将这一命运更快地导向既定轨道，希望毁灭来得早一些，而新生也快些到来。毕竟，在宇宙的更深处，还有更加可怕的文明虎视眈眈，没有加速进化的文明，必然只剩被碾压的命运。

邀雍局长放下手，拿出私人通话器，打通了一个神秘号码。

全息投影仪上出现一名泰坦星人，那人便是索奥大帝。邀雍局长正要将坐标泄露的事情告诉索奥大帝，以此躲避打击，扭转局势。

但此时，从后方的隐蔽室里跳出一个人，将邀雍局长打倒在地。索奥大帝所看到的最后一个画面显示，袭击者是千凌副局长。

千凌将邀雍绑在一边，确保无误后，他按下了殖民舰队舰长的通话器。

"紧急通话，加急！"

机器发出嘶嘶声，一名年轻的地球人出现于全息投影仪上，并说："殖民舰队舰长关林等待指示……您不是邀雍局长？"

"我是其副手，千凌副局长。邀雍已经叛变，我代为行使紧急指令，请求特权。"

"正在向联盟长办公室汇报，等待批示。"

"火速，火速！指令紧急，重要情报已经泄露！"

"千凌副局长，我军方面已经收到联盟长的特别指示，请问您方指令是否为攻击泰坦星引弹设施，坐标 20—52—72—47—69，采用第五号湮灭弹？"

"正是，请立即执行。"

"好，湮灭弹已经进入发射准备序列，盖口填充完毕，发射倒计时，9——8——7——6——"

千凌副局长屏住呼吸，挂了电话，通话结束。倒计时仍在继续，世界最后一脉气息悬于半空。

他不会听到爆炸声，湮灭弹会和引弹的反物质碰撞，湮灭于无形之中，但是在静默的世界里，一场看不见的末日打击即将到来。

8

在信息超维中心，耐依感觉到了不祥，她释放了隐藏好的电脑病毒，主脑的机制发生反应，将她的意识反吐出来，回到了罐子里的身体中。

耐依的每一个毛孔都在缓慢苏醒，发出声嘶力竭地号叫，如同被割喉的野兽，并无耐依原本甜美的声线。她睁开三只眼睛，摘除了脊髓里贯穿的设备，一阵剧烈的疼痛，她强忍过来。

一块块地板砖飞过来，即将攻击这位企图出逃的意识上传者。

耐依原地不动，在罐子里扭曲着身体，仿佛一只巨大的蠕虫。她面容诡怖，直至失去精魂，身体从中部裂开，褪去了皮囊。在那血泊之中，一只矮小的野兽冒出脑袋，身上是尖锐粗糙的鳄鱼皮，手臂弯曲，从棱刺里各自弹出一把刀锋。

那人便是冥将军，邀雍局长一手养大的泰坦星人，同时也是索奥大帝的得力助手。

他一跃而起，踩着悬空地板砖四下飞窜。地板砖如同飞镖，径直攻击冥将军，却被对方的无影刀劈成两半，火花四溅。

更多的地板砖飞来，组成飞镖雨，但是冥将军的速度快到惊人，飞镖在他看来，如同缓慢飘摇的书本，他坚硬无比的战甲直接穿过飞镖雨，撕碎一切后纷纷落下，犹如纸片翩飞。

冥将军来到存放人类身体的罐子支架上，找到了顾曳明的身体。

他只是身体一旋转，就将罐子拦腰斩断，顾曳明也变成了上下两部分。

地板砖发出强烈警报，冥将军加速飞行，空气摩擦他的鳄鱼皮产生火焰，他如同导弹一般射向门口，突破了剪刀般竖立的铁门。

两个机器巨人在门口应战，举着大刀劈砍过来。冥将军在他们高耸的身体边环绕一圈，两个巨人的身体出现光滑的切口，铁块滑动、断裂，两座金属大山缓慢滑坡，轰然倒塌。

冥将军劫取了一位意识上传者的飞行器，飞往战场。

与此同时，殖民舰队的湮灭弹拖着一条无边无际的绿色尾迹，落到了泰坦星背面，仿佛熄灭了一般，毫无响动。

但是，湮灭弹的绿光刺穿了致密的中子星地表，泰坦星人藏在地底三千千米的引弹实验室在一股绿色蒸汽中化作虚无，他们利用无数汗水换来的终极武器烟消云散。同时，这一束纤细的绿光也透过了整颗星球，如同针尖在绣布上穿行了一遍。

原本依靠引弹相互制衡的战场态势，一下子被打破了，泰坦星失去了反击武器，随时都会成为其他文明引弹的射击对象。

泰坦星人位于作战区域的舰队全部返航，联盟舰队逼近，却被来了一次瓮中捉鳖。联盟军因为内讧，无法维持恶战，悉数撤退。

泰坦星人返航的目的很简单，他们需要飞船，带领泰坦星的居民立即逃往其他星球避难。如果在下一秒，联盟的引弹射来，他们分分钟都会被恒星的火焰吞噬。

但是泰坦星人掐准了联盟的弱点，他们不可能在短时间内发射引弹，即便这是灭绝泰坦星最好的时机。

此中的原因在于，十大文明没有一个文明愿意主动消耗掉自己的引弹。所谓螳螂捕蝉，黄雀在后，若是消耗了终极武器，那么将会被其他文明趁虚消灭，这样的结局任何一个中高等文明都能看透。

联盟出现了两种声音：一方是激进派，希望发射引弹赶尽杀绝；一方是保守派，建议用传统武器的快速推进来逐渐灭除泰坦星人。但是，前者没有成员愿意主动请缨，后者又被证明无法实现。毕竟他们面对的文明最大的特点是快，企图以慢制快是不现实的。

在信息超维中心，顾曳明依然安稳地躺在地板上，得知耐依退出信息超维中心后，他的第一反应是"不可能"，第二反应是"为什么不带我一起离开"。

显然他还被蒙在鼓里，直到主脑很遗憾地对他说："你的身体已经被入侵者砍断了，这并非我们的防御不够严，而是对方在系统内部植入了病毒，导致我将她反吐出来。她从内部突破防线，这一点确实令我始料未及。"

"你是说⋯⋯"

"没错，耐依是个间谍，一直以来都是。当然，她也不是她本人，她的身体里是另一个寄生生物——泰坦星人。"

顾曳明不敢接受这个结论，他顶多认为耐依是个间谍，在他身边扮演着好人，但是要说她是泰坦星人伪装的，他接受不了。毕竟，他好几次被耐依亲吻过。

"现在，关键的问题是你的身体已经没用了，你必须永远待在这里，即便特殊联盟保护的时间结束之后，也不会有一副身体来让你回去。"

顾曳明倒不觉得这是个大问题，他更关心那个假扮耐依的泰坦星人要干什么。

"入侵者现在被抓到了吗？"

"已经逃走了，我正在跟踪定位他。"

地板上出现特征谱，一个被标注的红色箭头正在往比邻星宇宙规划局方向移动。

"他去那里干吗？"

"现在的战争形势有了逆转，泰坦星人失去了引弹，而联盟正在讨论让谁来发起引弹射击。不过他们分成了激进派和保守派，只有激进派支持末日打击。这两派的产生基于一个前提条件，他们理所当然地认为，泰坦星人在这个时候，必然载着他们星球的逃难者，掉头往更远的深空撤退，以此留住火种，好来年再战。但是……"

主脑让顾曳明看特征谱上位于泰坦星的箭头，它们纷纷指向了银河系，如同群蜂倾巢而出。

"泰坦星人真可谓神奇的种族，他们并不逃避，而是举全球之力，发起了终极决战！"

泰坦星人的疯狂举动让整个银河系为之震惊，一个直径只有半个月球的文明，一个身材只有猫科动物般大小的生物，居然有如此胆魄，和整个星系的所有文明为敌，其狂傲不可一世。

泰坦星人难道没有意识到自己的渺小吗？别说那十颗引弹中的每一颗都可以毁灭他们数百次，就是星际联盟的战队也分分钟可以踏平他们的星球。

但事实并非如眼前所见。泰坦星虽小，却是凝缩的精华。它是由十倍于太阳的恒星坍缩而成的中子星，而银河系文明看似庞大，却如一盘散沙。一把磨利的刀锋难道砍不断一条腐朽的木船吗？

联盟军看得很清楚，他们虽然在战略上藐视敌人，却心知对方有多强悍。激进派和保守派不再争执，他们一致认为，只有尽早发射引弹，才能把后患断绝在摇篮里。否则，泰坦星人一旦离开引弹的攻击范围，便如同放虎归山，引狼入室。这对任何人都没有好处。

但是联盟依然无法达成共识，也没有文明愿意拱手相让自己的引弹。

联盟长看清楚了联盟的脆弱性，他从台面上下来，到了桌底下，暗中实施了所谓的"出头鸟计划"。这个计划的隐喻非常明显，他们需要牺牲一个文明的引弹，并让下一个文明将枪口对准他，形成相互绝杀的链式反应。

天通星人组成了秘密执行委员会，暗中操作联盟系统里的各大部门，准备让那只"出头鸟"冒出头来。而执行委员会为了灭除联盟中最大的隐患，他们首选地球。

10

联盟长首先致电地球联盟日报社，他们的社长也是天通星人。

一番指示后，社长便安排手下的地球人统一了刊发文章的倾向性，用全面的舆论声讨地球人的怯战情绪。

大量底层老百姓在报纸的鼓动下，走上街头，要求地球太空军发射引弹，拯救世界。示威队伍一直延续到太空军事重地，给有关部门施加压力。而在距离示威者五十千米以外，便是地下引弹发射场。

那位本想灌醉遨雍局长的潘天福元帅正在发射场内，他是引弹基地的最高指挥官，同时也是一名特立独行的铁血悍将。他将手里的引弹握了近三十年，没有被其他文明以各种理由消耗掉。握着引弹，不仅握着人类的尊严，同时也是人类危难时期的最后一根救命稻草。

当他得知乌合之众要他交出引弹管理权时，他异常淡定，心无波澜，只把这些民众看成是耳边嗡嗡作响的鸣虫。

联盟长的下一步棋便是将潘天福元帅这枚铁钉子拔掉。拔掉他并不容易，联盟长动用了比邻星宇宙规划局的特权。

千凌已经成为局长，他按联盟长要求，在太空军挪出了人员空缺，等待萝卜下坑。

十天后，潘天福元帅受到地球方面最高太空军委的指派，从现任提拔，到太空战场服役，拦截泰坦星舰队的左翼部队。但是潘天福元帅嗅到了其中的猫腻，在引弹管理的节骨眼儿上，任何调动都会影响到时局的改变。

他借口说自己年纪太大，没有太空执勤的身体指标，不适合上太空。

　　没想到这个天衣无缝的借口，却被挑出了骨头。上头的规划部门老板也是天通星人，他收到潘天福元帅的回绝信后，鉴于他还有一年便退休，索性特批了提前退役的公函。潘天福元帅立即失去了引弹的管理权。

　　新的掌门入驻，又是一名能干的天通星人，他上任的第一天，便迫不及待地提出引弹发射的征求意见，并以所谓的切合民意为由，得到了地球方面的同意。

　　发射日程公布，引弹装膛，校正方位，地球保持无线电静默，整个银河系都屏住呼吸，见证泰坦星被毁灭的瞬间。

　　冥将军潜伏在天通星，他快速移动的技巧可以骗过天通星人的眼睛。他找到了遨雍被关押的地点，前去救人，却入了圈套。他被一百倍于中子星的磁圈束缚，无法逃脱其巨大的引力场，而遨雍就被关押在前面不远的另一个房间中。

　　顾曳明在特征谱上看到，地球已经发射了引弹，一个箭头飞快掠过浩瀚的宇宙。这个过程不可逆，在发射点火的一瞬间，结局就摆在了面前，历史也已经铸就。

　　顾曳明的内心没有特别的震撼，可能因为他所看到的画面只是箭头组成的符号，也许在他眼中，毁灭已经无数次上演，并将继续演绎下去。这一次，只是所有毁灭中一闪而过的烟火。

　　遨雍和冥将军似乎感受到了那段静默中，死亡已经在头顶酝酿，他们似乎落下了泪，似乎又毫无察觉，无论如何，宇宙间的恩怨将与他们再无瓜葛。

　　引弹击中了泰坦星附近的恒星，恒星如此巨大，引弹如此细微，仿若一粒火星投入大海。但那不是大海，而是油田，微不足道的火星将点燃油田，引发一场巨大的爆炸。

人们抬头望向天空，那颗闪烁的星星还无变化，但这是因为光抵达他们的眼睛里需要漫长的时间。

实际上，那颗星星已经膨胀到了本身的几十亿倍，泰坦星和泰坦星人的舰队全部被火海吞没，辐射穿透他们的身体，即便无比致密的物质，也在此蒸发为气体尘埃，泰坦星文明被恒星这块橡皮擦彻底抹除了。

而在泰坦星附近，温吞星却毫发无损，也许再靠近一光年，他们的命运也不容乐观。但他们如此幸运，仿佛有天神相助。

冥将军可能不知道，他极有可能是这个宇宙中唯一幸存的泰坦星人。

五

反鼻星灵业集团

在巨人的肩膀上，依然还有更为强大的巨人。

——反鼻星灵业集团推销员

地球失去引弹之后，成为下一个即将被摧毁的目标。天通星人正在酝酿，由反鼻星献上下一颗引弹。

这些天通星人长达几个世纪扮演着和平使者，建立起星际秩序，维持着联盟团结。但那都是幌子，一个骗了许多代人的骗局。各大文明已经躺在天通星人制定的游戏规则里变成了温水青蛙，忘了他们是一群表里不一的生物。

如今，他们的真正面目正在显露，但又有多少人清晰地认识到了这一点呢？

顾曳明是其中一位认识比较清醒的人，他早已仙逝的父母在他还小的时候，便不断告诫他，天通星人究竟是怎样的一种生物。

他这一辈子，没有多少知心朋友，那些与他走得近的外星人，他也无法真正融入其中，疏离感始终伴随着他。他逃避，从地球走向宇宙，他又自甘堕落，成为万人咒骂的对象。这一切，都更加重了他的悲情。

顾曳明是一个自幼没有父母的孩子，需要他人的关怀和认可，但父母却教会他，除了相信自己，再不可以相信任何人。

这句话成了顾曳明的人生铁律，做人准则。如今看来，这个宇宙的确如他父母所言，且有过之而无不及。

顾曳明醒悟过来，他要相信自己，即便有人认为他所做的事情不对，他也要坚持自己的初心。他由此转而询问自己的初心，寻思了许久，才忽然明白过来。

当他迎娶妻子时，他并没有在乎对方的容貌，也不去设想和她往后的生活。他第一眼看中妻子，是因为对方是一位慢吞吞的、毫无攻击性的生物，仅此而已。

这件事正好契合了顾曳明父母植根在他骨髓里的安稳求存的思想，他觉得自己血液里也有一股求稳心态，所以他才那么看中妻子的娘家在其母星的一亩三分地。

想起土地，顾曳明又想起自己漂泊在外、求职谋生的这种境遇，他觉得地球才是家，大地才是他死后的家。

想起死亡，顾曳明才意识到，自己其实已经死了，尸体还在罐子里腐烂，得不到安葬。

想到安葬，顾曳明又忽然全身汗毛直立，他作为创意工作者的敏感立即被激发，一个绝好的点子冒了出来。

顾曳明不动声色，并且他不能在主脑面前把这一瞬间的点子抛出。主脑随时会审查顾曳明的思绪，检视有没有问题。

顾曳明将主脑叫出来，他脑子里不可以有其他想法，只能想着他的父母，想着他们在老家安葬的山头。

主脑问："怎么了，有情况？"

顾曳明有点伤感地回答："我的身体已经被泰坦星人砍断了，但作为人类，我们有一项传统。死后的身体需要安葬，落叶归根，无论人的灵魂飘到何处，飘到遥远的外太空，还是进入数字天堂，身体带不走，也不可以死无葬身之地，否则心不安。另外我父母双亡，妻子又在娘家母星，我只能自己给自己安葬了。"

主脑表示理解："你这种情绪我懂，曾经也有客户提出过类似的要求，我有一套执行流程，让你带着自己的身体回地球安葬。"

"那要怎样实施，我总不能像孤魂野鬼那样去安葬自己的身体吧？"

"我会把你的意识注入一台机器人，让它作为你的替身前去安葬。"

"这个办法好，不过我需要向你请一个月假。"

"需要那么久吗？"

"我想先去安葬自己，再去温吞星见妻子最后一面。"

"嗯，情理之中。"

"你不用担心我逃走，你能从特征谱里跟进我的行踪。"

事情安排了下去，顾曳明被注入到机器人的身上。他的四肢仿佛有了力量，握拳一看，身体如同穿着古代盔甲，像极了武士，全身被铁皮包裹。

他站在一块悬浮地板砖上，来到自己的尸体面前。顾曳明不敢多看一眼，画面太过难堪。他只好简单地将身体的两部分分别装入新的罐子里，那罐子也即将成为他身体的棺木。

他坐上了富豪提供的飞船，目标设定为地球。富豪一直在问他关于数字天堂的事情，并希望出高价和他交换身份，让自己去信息超维中心上班。同时，他告诫顾曳明，回到地球凶多吉少，那里即将迎来另一场浩劫。

顾曳明很快就回到地球，看到人类已经举家搬离其所在的城市。在赤道附近，大量飞行器灌满了地球最后的反物质燃料，准备迁往遥远的星系。但是，宇宙何其大，哪里才是人类的落脚点？他们仿佛树叶翻飞，是离家而去的"宇漂"一族，再也找不到故土的根。

顾曳明在老家的街道上行走，背后是悬浮的罐子，他的灵魂牵引着身体，前去安葬。而四下无人，夜色又近乎冷淡，他感觉这一幕阴冷恐怖，不知道是惧怕自己这副形骸，还是惧怕前面道路上可能出现的未知事物。

街道有风，大逃难的宣传册和小广告漫天飞舞，仿佛送葬队伍里沿路抛撒的纸钱。一只被主人遗弃的猫，探出头，又惊慌地躲回垃圾箱旁，它估计是这颗星球毁灭前的最后见证者。

路上的电源已经停止供应，街道越来越黑，只有月光洒下的凄冷让一切有了些许轮廓。

一个闪亮的水银状物质流淌在他前行的路上，迅速凝聚起来，像个小山包凸起，然后缓慢地向顾曳明这边移动。

如果顾曳明没有看错，那应该是一个反鼻星人。

顾曳明不知对方为何还待在地球。他原本可以回到自己的母星，毕竟下一颗发射引弹的星球是反鼻星，而不是地球。

当然他也许已经看清楚了形势，知道母星也将遭遇同样的命运。

反鼻星人走到顾曳明面前，想和他交流。顾曳明知道对方若要交流，就必须把湿漉漉的嘴巴含在自己头上。然而顾曳明也希望听听对方有什么话可说，他不反抗，反鼻星人便一口咬在了他的头上。

大量信息涌入，顾曳明想起来了，这个反鼻星人便是当年推荐他去火星玩偶公司的中介。

时隔多年，他快要忘了这位引路人。无论他是引导顾曳明感受到了宇宙的残酷，还是让他看到了文明的辉煌，对于顾曳明而言，都已无怨言。他只想把现在过好，重新活下去。

"你好，人类朋友，好久不见，我是无所不知的大仙。"

"你怎么还留在地球？没有飞行器载你离开吗？"

"我在这儿等你啊！你不来，我不走。"

"听你的意思，你仿佛知道我会来！怕不是从信息超维中心那里得到的消息？"

"确实如此，我的人类朋友，你有一具皮囊需要安葬。而我，则需要收购你的灵魂。"

"我的灵魂已经属于信息超维中心，你得不到了。"

"我们做的是黑市交易，名花有主的东西也是可以买卖的，更何况在这个乱世之中。"

"你就那么喜欢我的灵魂吗？"

"并非如此，只是有缘人必是回头客。我推荐你找工作，现在又收购你落魄的灵魂，这样有头有尾的交易，算是我业绩的良好体现。"

顾曳明不想再和对方浪费时间，他需要把身体埋了，然后逃去温吞星，不再回信息超维中心。顾曳明的这个想法马上被反鼻星人窃听了，于是对方来了兴致。

"这么说来，你的灵魂已经无处安放！你既然想逃往温吞星过日子，还不如我和你做一次交易，帮你从信息超维中心脱离，从我这边去往温吞星。你要知道，无论你走到天涯海角，信息超维中心都会将你如同牵线木偶一般扯住，毕竟这副机器人的身体是信息超维中心那边提供的。"

"你有什么能耐和主脑对抗？"

"我们反鼻星人做的也是信息方面的产业，因为我们消息灵通，且我们的消息来自生物的灵魂深处，因此更有价值。而主脑能查看的信息无非是生物的行为和意图，对于他们的内心深处却毫无涉足。"

"我不明白？"

"相当于主脑是执政党，我是在野党。它主外，我们主内。宇宙中生物的内心想着什么，它从外在根本看不到，因此遇到复杂的战争时，预测能力也就失灵了。"

"但我还是看不到你们的优势在哪儿？"

"譬如现在，我将你含在嘴巴里，主脑那边就会显示一片空白，这一刻无法跟踪你的行动。你的意识在这一刻便完全属于我。"

顾曳明心想，如果这个反鼻星人一直将他含在嘴巴里，岂不是能完全躲开主脑，然后逃之夭夭？不过那样的话，他的头估计会被口水含化了。

反鼻星人看到了他的思绪，于是说："但你最大的束缚是这具机械身体，你需要进入另一个生物的身体，以此避免主脑对你的控制。"

"这么说来，你出售身体？"

"我们出售身体和灵魂，做的依然是中介的工作，只不过我们是在跟死去的灵魂对接死去的身体而已。尤其是在这样的乱世中，死伤者无数，灵魂归体的买卖特别好做。"

顾曳明从这位实在的买卖人身上，看到了《致富宝典》里崇尚的价值观。书中告诉他，若凡事都能用商业来解决，那么生灵涂炭的战争就会少一些。

反鼻星人是全宇宙嘴巴最停不下来，同时也最热爱赚钱的种族，他们天生就有良好的商业头脑，因此全宇宙最奇葩的产业都归他们打理。

"这么说来，你们的产业已经涉及了灵魂？"

"我所在的总公司便是反鼻星灵业集团，我是里面最小的业务员，而你将是我在地球上的最后一位客户。"

反鼻星灵业集团是个地道的服务企业，殡葬业在其中占有很大的份额，灵业可能是比殡葬业还要宏观的一种涵盖。顾曳明对这家公司有所听闻，但时至今日，他才知道何为"灵魂行业"。

"那么，购买一具人类的身体需要多少钱？"

"你算是遇到好时候了，现在是战争年代，死伤者很多，总有人想不开要自暴自弃，留下来的鲜活身体便不计可数。当然市场并非单单由供给决定，还包括需求。战争时期，死者灵魂对鲜活身体的需求也很大。因此一具人类身体的价格肯定无比高昂。"

"你们在发战争财，这不道德。"

"道德是人类的准绳，我们反鼻星可有无商不奸的传统。怎么样，要不要来一具人类身体？"

"有没有便宜一点的？"顾曳明虽然跨足很多个行业，还在重要的部门待过，但是因为工作的时间都短，且又多半是在试用期跳槽，因此收入并没有多少。他必须看着手里的钱来消费。

"当然有，越是低贱的星际种族，他们的身体也就越便宜。"

"你是说泰坦星人的身体？"

"泰坦星人基本上被灭绝了，身体反而很稀缺，且泰坦星人的死者灵魂又那么多，需求大。他们的身体你买不起。"

"那还有谁的？"

"不妨考虑一下温吞星！"

顾曳明想起了自己妻子那种胖成球的形态，他觉得还是不要的好。

反鼻星人咯咯笑着，然后说："既然你非得要人类身体，不妨替我打工，这样我就减免一些。如今死者太多，我们都快要忙不过来了，你来做灵魂推销员，我就给你返利。"

顾曳明爽快地答应了，不过当今迫在眉睫的事情是埋葬他早已破损的躯体。

于是他和反鼻星人来到了城郊村里的一个小山坡。顾曳明父母的墓地就在那里，已经有好几年没有上坟了，他觉得亏欠得很。

他扫去墓穴上的尘土和落叶，再把枯草拔干净，上了香，对着墓碑三鞠躬。反鼻星人非常喜欢人类复杂的墓葬礼仪，他做这行后发现，人类对死者的敬重比任何文明都要强烈，这主要源于人类的想象。

当然，顾曳明只能简单地把自己安葬下去，没有繁复的仪式。他拿着铁锹，在父母墓地边挖了一个坑，再和反鼻星人一同把罐子放进去，填埋上土。

顾曳明甚至找不到人竖碑刻字，他就找了一块破木头，简单地在上面写上"顾家独子曳明先生之墓"。

写完，他原地跪下，落泪，却不知道为什么而哭。

寰宇之下，苍生茫茫，香火永断，可叹可殇。

反鼻星人准备和顾曳明一起离开，但是他回头看向这座山，还有这三口墓穴，颇有感慨。他不顾对方哀痛的心情，忽然又唠叨起来："你看啊，这山势多像猛虎下山。你是中国人，应该懂一些风水吧？我是因为在丧葬行业待久了，听了许多风水大师的阴宅择穴之道。他们说，像这样的山体，的确非常适合安葬。"

顾曳明心想，这还要他一个外星人说吗？墓穴选址是由当时颇有声望的大师点化的，肯定差不到哪里去。

反鼻星人又说："但是，你看啊，你的穴位坐落于父母穴位的青龙方。后方的龙脉一线下来，岔开两道，分别灌注到你和你父母两座墓穴上，这一分叉并非不好，而是你墓穴之后的土方更加雄壮，怕是要吸了你父母的龙脉之气。"

顾曳明至此算是听不懂了，但他好像意识到了什么。

他想起遨雍局长所言的宇宙风水学，但内心依然被哀伤包裹，没有当下详解其中的关联。他在回去的路上，不断思考反鼻星人的话，依然找不到问题的关键，仿佛有一些忽明忽暗的真相正在浮现，而这一宇宙真相将推着顾曳明走向何处？

2

与此同时，地球人类正在加速逃离家园。

末日打击的倒计时开启，反鼻星即将投射引弹，让太阳成为终极核武器，吞没太阳系。人类的法律崩毁，被取保候审的原火星玩偶公司董事长华董得到了自由，他无法启用冻结的资金，但是在地下钱庄，他的管家还留了一堆保值的稀有金属、大量反物质燃料罐，甚至还有一艘火卫号运输飞行船。那是圣诞夜扮演圣诞老人雪橇的原飞船，由于涉及镭辐射事件而被查封，锁在火星的地下仓库里。

华董检查了飞船的各项性能，里面的物资循环系统也还可用，于是灌注燃料，启动飞船。

但是在那一刻，他没有一个人独自潜逃。他把那些尚逗留在火星玩偶公司的员工都带上了飞船，其中就包括陀螺和那些一文不名的底层搬运工。

飞船起飞，并没有直接飞离太阳系，而是首先抵达地球。

在地球的最后一周时间里，剩下的底层居民已经没有了足够的飞行器和燃料，他们滞留在发射平台。一群机器人保卫拦着卡口，不让人潮涌入。

其中一个机器人警卫正挑选出健康的人类进入最后一艘撤离飞船。卡口处上来一家人，父母带着孩子，正要进入，警卫发现那个孩子是当年镭辐射事件的受害者，便毫不客气地将她推了出去。父母失声痛哭，想把孩子抱进来，孩子只知道哭闹，被警卫来来回回地推搡。

父母最后没有进去，他们陪着这个孩子回到了旷野处。

"宝贝，我们会陪你待在地球，你看，只有地球有这么漂亮的天空和云朵，我们躺在地上吧，一同看着这蓝天白云。"

孩子不再哭闹。父母仰视着天空，所有的眼泪都忍住不流下，注满了整个眼眶。

孩子忽然兴奋地喊起来："圣诞老人的雪橇！"

父母一听到"圣诞老人"四个字，吓得魂飞魄散，仿佛那是一句可怕的诅咒，是地狱的炎魔，是永生难忘的灾难。他们果然看到了天空中的雪橇，那是火卫号飞船，曾经装载着镭辐射危害人间的飞船。

它缓缓降落，在广大的平原上驻机，舷梯降下来，大量火星人一涌而出，在人类的登机平台附近拉开警戒线。队伍中，陀螺拿着自动翻译大喇叭，对着人群喊叫："所有带孩子的家庭，可以往这边登机。遭受镭辐射的儿童优先！"

那家人站起来，不敢相信自己的耳朵，他们拉着孩子疯狂快跑。孩子挣脱，异常兴奋地跑到前方，如同撒欢的野兔。在孩子的眼里，圣诞老人依然是圣诞老人，他的雪橇依然代表着美好和希望。

华董走出飞船，迎接一个个家庭。他低下头，对着人群深深鞠躬。

刚才的小女孩停下来，望着这位奇怪的叔叔。华董抬头看去，这个小女孩如同小尼姑一般，脑袋光秃秃的，她已经掉光了所有的毛发。

那一刻，华董不知道是怎样的心情，孩子离开了他的视野，进入飞船。他心里是否已经洗涤了罪责？又或者那个女孩的秃头让他的罪责更加深重？

陀螺告诉华董，飞船的物资只够维持半个月，在这半个月时间里，他们能够逃离的范围很有限，并请示华董，往哪个方向飞离。

华董不假思索，直接回答："温吞星！"

陀螺没敢追问，但他忽然明白过来，温吞星附近已经没有了恒星，那里刚经历大毁灭，因此才最安全。但是飞船离开银河系，去往其他星系的行程太久，他担心能否抵达。

顾曳明把反鼻星人带到了他的公寓里，他坐在椅子上，等待反鼻星人交代给他的工作任务。

反鼻星人说："我这边有很多死去的泰坦星灵魂，他们正在去往天堂的门口，有些仍然依恋人间，有些只想回人间完成一些没有完成的事情，当然也有想要找敌人报仇的。你的任务就是潜伏其中，找出那些想要借助还魂来实现不法企图的人，我可不想因为某些交易而得罪天通星人。"

"怎么潜伏？"

"你以人类的身份，和那些魂魄交流一下，如果他们的怨念很强，就列入交易的黑名单。"

顾曳明把身子坐好，反鼻星人的大嘴巴再次含在他的头上。他的意识被传输到了一个地方，那便是他的认识域。

认识域是所有具有意识形态的生物共同的场域。如果将所有宇宙生物看作树上结出的果实，那么认识域就是树上的主枝干，所有果实的灵魂都可以回溯到主枝干上，在那里共同交流。

当然，不同生物的认识域又会因为各自习性的不同，而无法相互交流。

这个时候，反鼻星人独特的天赋就起到了作用，他们如同认识域里的中介，可以帮助不同生物之间建立起交流的通道。

顾曳明在认识域里漫游，看到各种无法用语言形容的事物，那些飘忽不定的云雾状物质难道就是死者的灵魂？又或者只是"空气"里弥漫的一些细碎颗粒。

顾曳明望向远处，看到一群人聚集在那里。他跑过去，感觉自己并非在跑，而是踩着云朵飞行。来到人群后方，他才看到，那是一些矮小的生物，他们蹲坐在地上，可怜得如同被遗弃的婴儿，无家可归。

　　顾曳明对着他们打了声招呼，他们才纷纷回过头，一如惊扰了的鸟巢里的幼崽。顾曳明看清楚了，他们是泰坦星人。这一片无边无际的人潮里，都是被地球引弹毁灭的种族。

　　反鼻星人告诉他，如果其中有谁依然对战争抱有敌意，那么当他们看到地球人来到认识域时，便会群起而攻之。由此，顾曳明便可以将对方拉入黑名单。

　　但是这些泰坦星人异常淡定，甚至没有显露出他们的野蛮秉性。

　　顾曳明找到其中一个泰坦星人问："你好，你们在这多久了？在等什么？"

　　"在等天堂开门，我们的灵魂好归西，但是天堂的入口太窄，我们瞬间被地球文明灭绝后，大量灵魂涌入，造成了大塞车。"

　　顾曳明尝试着问了个找死的问题："你恨地球人吗？"

　　那人想了想，面无愠色地回答："我能恨谁，来到了认识域，我们才发现一个道理——原来所有的宇宙生命，无论高低贵贱，无论是从哪颗星球、哪个文明中诞生的，其实归根结底都是一体的。我们都有同一个父母，叫大自然。"

　　顾曳明从来不曾想到，被所有银河系文明贴上野蛮标签的泰坦星人，居然有这么高的文明觉悟，而且，从他们脸上也看不到任何野蛮的气息，反而温柔又有些憨厚。

　　"我不太了解泰坦星，因为离得太远，所以想问一下，你们究竟是怎样的一群人。"

　　对方笑了，旁边许多泰坦星人也笑了。

　　一位年纪比较大的泰坦星人走上前来，对他说："首先你要知道，泰坦星是一个中子星，由巨大的恒星坍缩而成。因此，引力巨大，星球的转速也非常快，我们的一天不到你们世界的一秒钟，那么生命的运动速率也由此加快。因此，我们的一辈子等于你们的几十万辈子，我们在这一生中所能学到的东西、积累的经验、看过的世间百态也是你们的几十万倍。设想，如果是你，活了几十万年，甚至是几亿年，你将是怎样的一种生命形式？"

顾曳明敢打赌，面前这个老者肯定活了他们世界里的几亿年，否则他说话不敢这么夸张。然而，顾曳明无从猜测几亿年的个体具有怎样的心境。

"你当然无法揣摩。但有一点，我们绝不会有你们所说的那种野蛮、急躁、功利的性格。所有这些误解，都是因为你们认为我们的速度太快而导致的错觉。"

顾曳明不回应，只是认真聆听。老者接着说："设想两条河流，一条流速快，一条慢。流速慢的河流一般比较浅，而流速快的河流切割河床，河底更加深邃。泰坦星是一个深邃的文明，我们个体的生命更悠远，而思维也更加幽深。"

"我听原比邻星宇宙规划局的遨雍局长说，你们的祖先见过星际拓荒号的韦德斯舰长？"

"他是我们的引路人，是他将地球文明的精华传递给我们，我们的进化速度才迎来了加速的拐点。我们的领袖索奥大帝便是他一手培养起来的文明继承者，当时他还是一个只会攀爬的脊椎动物，由于努力，一直进化成现在的灵长类，并拥有了高级智慧。"

一名年轻的泰坦星人说："韦德斯舰长被我们奉为神，他给我们泰坦星指明了发展方向，'三句箴言'就是最好的指导方针。"

顾曳明极为兴奋，"你也知道《致富宝典》里的'三句箴言'？"

"哈哈，我们烂熟于心，倒背如流。"

大量的泰坦星人此起彼伏地喊出了那三句话，顾曳明也跟着默念起来，满含热泪。

一、起点从不决定终点，即便站在巨人的肩膀上；

二、人与人的距离依靠速度来缩短，巨人也害怕一个快速成长的人；

三、速度的影响远不及加速度的影响，而巨人未曾在弯道加速。

顾曳明抹干眼泪。面对泰坦星人友善的微笑，顾曳明觉得，比起故作善良的天通星人，他们的笑容里没有伪装，也没有保留，一切坦然流露。顾曳明找到了当年投身于工作岗位时，年轻气盛且满心抱负的自己。韦德斯舰长的这三句话如同灯塔一般指引着他在社会上闯荡，直到现在，又指引他闯荡宇宙。

而眼前这些可爱的小生物，他们不也在践行着韦德斯舰长的名言金句吗？

"年轻的人类朋友，你也听过这三句话？那你是怎么理解的？"

顾曳明镇定精神后回答："先发展起来的文明是巨人，权力顶峰的老板人是巨人，成功者是巨人……所有的巨人都不可怕。身为小人物，必须用速度接近巨人，让巨人也深感畏惧。"

"总结得很好，那第三句呢？"

"巨人的优点是强大，其弱点是无法在弯道刹车，因为惯性太大。而小人物想要战胜巨人，便需要在速度的基础上提升加速度，在弯道赶超。"

"是的，巨人就是银河系文明，而小人物就是我们泰坦星人。"

顾曳明心想，自己也是那个小人物，正在逐渐接近巨人的肩膀。

老者叹气，坐回地上："可如你所见，我们被巨人摧毁了。因为，我们没有把握好加速度的发力点，在关键时刻超越巨人。"

顾曳明不敢告诉对方，要不是因为自己的一篇假文章，也不至于将战争提前引爆，那么泰坦星也许会有更多时间积蓄能量，达到技术爆发的足够加速度，以更强大的姿态威慑银河系文明。

然而他觉得，既成之事，无有悔恨，一切都是命运使然。

顾曳明没有在泰坦星人中找到可以拉入黑名单的，他无功而返，将意识拖回机器人的身体。见到反鼻星人后，顾曳明只能遗憾地摇头。

"这么说来，你赚不了外快了。要不你还是退而求其次吧，选择一副温吞星人的皮囊，简单地回一下魂就算了。"

顾曳明没有立即反驳，他又想起了韦德斯舰长的"三句箴言"，在脑子里默念。他觉得自己需要"快"，快才是取胜之道。他不想做温吞星人，他们慢得出奇，一定会被其他强大的文明歼灭。

他做着艰难的思想斗争，想到了一只慢吞吞的乌龟，被兔子超过了，兔子被疾驰的野狼捕获，野狼又被猎豹逐杀……由速度形成的食物链正在决定着生物各自的命运。这是一个弱肉强食的残酷宇宙，慢人一步就要献出生命。

他的心平静下来，依然默念"三句箴言"。

忽然间，他的灵感显现，超越思维固有的局限性，逆向思考。

如果韦德斯舰长并非称赞"小人物"，而是赞美"巨人"呢！同样的三句话是否会发生改变？

"站在巨人的肩膀上"意味着所有的文明都要依靠那位巨人，才能让他们看到真正的"终点"。

"巨人也害怕一个快速成长的人"意味着一个快速成长的文明将产生极大的威胁，因此巨人会降低速度等待落后文明，以此缩短差距。

"而巨人未曾在弯道加速"意味着那些在弯道加速的文明，终将造成巨大的影响，甚至隐患。

……

顾曳明茅塞顿开。颠覆了认知后，新的解释同样适用于"三句箴言"。韦德斯舰长需要表达的并非泰坦星人所言的加速发展，而是放慢发展的步伐，做一个慢跑的巨人，而不是快速成长的小人物。也许韦德斯舰长在殖民扩展的旅途中，遍览了各种文明的发展模式，从中得出了宇宙文明发展的最佳方法。

难道这"三句箴言"，可以解释一道难题，即为何宇宙深处的其他高等文明只是暗中发展，却没有扩张和侵略的野心？或许，在那些足够发达的文明看来，降低发展速度才是持久之道，他们甚至自我规限，在特定的区域、速率和准则下发展。如同宇宙把极限速度限制在光速，让宇宙拥有一个清晰的边界，并让生命在有限的时间里存续。这一切的规限，都是宇宙运行的根本铁律。

④

顾曳明终于同意，反鼻星人给他安排了一具温吞星人的冷冻尸体。

反鼻星人的嘴巴依然咬在顾曳明的头上，而排泄口则套在那个巨大的药片状的尸体上。画面有些惊奇，但是并不影响灵魂传输的效率。

顾曳明感觉自己的意识被连根拔起，那"根"仿佛是他作为人类的各种习性，包括他的怯懦、孤僻、一根筋的任性、随波逐流的愚性，还有他的创造力、善良的本性等。

一段短暂的空白——

当他的意识被注入到温吞星人的身体里时，他感觉从迷茫中苏醒，但是却没有了人类的视觉，取而代之的是复眼中看到的视觉碎片。反鼻星人的模样被切分成斑点，由斑点组成模糊的影像，这就是温吞星人的视觉。

顾曳明很不适应，仿若自己套在了一个垃圾桶里面，而眼前又蒙着透明的泡泡纸，极为难受。

他现在的听觉也与人类不同。顾曳明听到的声音被傅里叶变换成不同的波段，分别在他的脑子里交织，而且振幅很小，波长却被拉得很长。他的认识域无法组织起这样的声音。

他尝试移动自己的手，那手却是两条可以蜷缩的长条状物体，如同变色龙的舌头。他控制手臂蜷缩的姿势与握紧拳头一般，但是当他想要动用五指，温吞星人却没有手指可以被操控，仿佛一张无形的紧凑的胶质手套套在手掌之间，让他打不开。而且这样的体验会持续一辈子。

他尝试移动脚步，可温吞星人没有脚。他如同被截肢后的残疾人一般，感觉下半身空落落的，毫无知觉。当他要移动时，他需要挪动屁股，然后让自己滚动起来。

顾曳明以为这样的运动会让他眩晕，但是温吞星人的机体帮助他抵抗了这一反应。他感觉旋转的不是自己，而是整个世界。这样相对运动的案例，他在天通星的办公桌上已经尝试过，也没有异常的不适。

顾曳明一直找不到自己呼吸的新器官，直到他意识到温吞星人还有一条尾巴。他抬起尾巴，呼吸顺畅，放下去时却堵住了。那一刻，他简单地认为，鼻孔与排泄口位于同一个部位。

他少吸了几口气，怕闻出点儿怪味来。

顾曳明再次适应了一遍视觉和听觉，依然不奏效。他转而感受自己的内在，试图认识肚子里的内脏器官，却发现他可以移动心脏到身体的任何一个地方，以此调整供"血"的部位。毕竟温吞星人的身体面积太大，而且滚动起来时血液常会倒灌。

肠道似乎也可以操控，决定食物快点下滑或者推着食物往口腔反吐。顾曳明一阵恶心，他意识到这个温吞星人在死之前，应该吃得很饱（又或者就是撑死的），还有些腐烂的食物在肚子里面堆积。

他吐出来，吐到反鼻星人的脸上。

顾曳明弯下腰，他全身的骨骼甚至也可以被操控。他类似脊椎的部位在圆饼状身体边缘，扭动骨骼，如同扭动轮毂一般，他将身体拧成麻花状。

温吞星人更善于控制内在器官，而不是外在器官。

反鼻星人对于顾曳明吐出来的东西，表示难以接受。他清理着大花脸，收了顾曳明的钱，便准备打道回府。

顾曳明看着他走出门，却没关上，然后又折回来，指着椅子上的机器人说："这东西你应该不要了吧？"

顾曳明说："你——拿——去——吧！"

他发现自己用温吞星人的语速说话时，慢悠悠地仿佛美妙的二胡，从左边拉到右边，一条悠长的声线，足足说了半个小时。

反鼻星人也在这间房间里听他说了半个小时，才心平气和地背起沉重的机器人离开。他需要卖掉这块废铁，但是地球上已经没有了废品回收站。

顾曳明独自一人待在房间里，再次发出声音："语——速——很——慢，很——舒——缓！"

顾曳明被这种说话体验迷住了，如同上瘾了一般，每一字每一句都那么动听，他的妻子莫不是因为同样享受此种说话的乐趣，所以才整天唠叨个不停？

当然，只有听者才觉得拖长音难以忍受。

顾曳明重新训练了看、听、读、写和行走，把自己当作重新接触世界的婴儿，跌跌撞撞，充满好奇。直到他也从破碎的视觉中掌握了观看技巧，同时感受到了其中的美。他能从分解的声部中重新组织成交响乐，又能同时听清楚每一个分解部分的细节，他觉得这样的听觉体验，更加有趣和生动。

他在无人的大街上滚动，缓慢却平稳，如同一个巨大的货车车轮碾过马路中央。他感觉自信，犹如帝王微服私访。

与此同时，战场的局势已经超出了主脑的预测，资金链因为战争而断裂，无法调动局势，造成了一连串的多米诺骨牌效应，事件正在朝着不利于主脑的方向发展。主脑自我调侃，称自己是"玩火自焚"。

灰星的颜色越来越暗淡，那颗即将提供能源的戴森球因为战争而无法启用，主脑赖以生存的能源也将枯竭。那时，它将不得不掐断地狱里罪犯们的生命线，保留自身的能源供应。甚至在更恶劣的情况下，它会把那些富豪的天堂也关闭，他们的身体也将因为缺乏营养供应而变为干尸。

主脑得知顾曳明已经丢掉了机器人身体，并未懊恼，反而欢喜。它正在删除冗余信息，大量的上传意识也将被直接清空，以此减少运算负荷。最后，它也将处于待机状态，沉入宇宙深空。

那些被遗弃的意识，也许包括主脑自身，也会进入反鼻星灵业集团的业务范围内。所有的生命存在形式，无论高低贵贱，无论天生或人造，无论生前是命如草芥的虫豸，还是草菅人命的魔头，最终都要面对死亡。

反鼻星人作为守在死亡通道上的看门人，他们灵业集团的控制面，远大于俯瞰一切的信息超维中心和统摄一切的比邻星宇宙规划局。

顾曳明脑海里闪现了反鼻星人的那句话："在巨人的肩膀上，依然还有更为强大的巨人。"

六

温吞星无限生命有限公司

公司是有限的，生命却是奇迹，有无限可能。

——华董

顾曳明驾驶着飞船前往温吞星，他的驾驶技能因为温吞星人的身体而显得格外生疏。操控杆只适配人类的掌心，而温吞星人没有手掌。无奈，他只好开启十大文明的驾驶兼容模式，这一模式适合各大文明的驾驶员。但那是陌生的操作技巧，需要动用到意念操控。

他的飞船摇摇晃晃地上了天，幸好没出什么交通事故。

地球大气层和宇宙领空也没有了交警，太阳系中所有的生命几乎都撤离了，变得异常冷清。他甚至怀疑这是一场梦，原本热闹非凡的近地表加油站变成了荒地，太空垃圾从他的飞船边掠过，仿佛在西部牛仔片中荒凉滚过的风滚草。

他的飞船远离了太阳系，像一枚快速疾驰的针尖，拖出的尾迹是针上的线头。反鼻星的引弹正在进入发射轨道，很快，身后的家园将化作火海。

顾曳明已经飞出了太阳系，看到了人造探测器的残骸。曾经人类多么渴望在宇宙中寻找与自己一样的智慧生命，因为孤独使然，人类渴望交际，渴望融入宇宙生命的大家庭中。但是并非所有朋友都值得交往，他们更有可能是潜伏在身后的猎人，是带刀的笑面人。

那个探测器残骸叫作"先驱者十号"，上面镶嵌了一块方形金牌，绘有放射状图案，代表太阳系和地球位于银河系中心与十四颗脉冲星之间的距离。这幅图案等于告知地外文明，人类所在之处。人类天真地以为，通过银河坐标和脉冲星灯塔便可让其他文明看到人类挥舞的橄榄枝，但却从不设想迎来的可能会是杀身之祸。

已经发明引弹的文明试图摧毁太阳系，而天通星人为了达到制衡其他文明的意图，将引弹技术传授给了地球人，地球由此免于一死。

地球人感激天通星人，并奉其为神，将自己重要的高层职务都拱手相让，并一厢情愿地认为他们是真正的和平使者。

天真幼稚是人的秉性之一。人类却不知忧患，得到外星技术后突飞猛进，加上人类无穷的想象力和天通星人的管理智慧，地球一跃成了联盟十大文明的第二席位。

天通星人深知养虎为患的道理，早已有心要铲除地球文明，直到泰坦星也相继崛起，他们更加坚信，快速发展的文明有多可怕。

时至今日，天通星人的本性暴露无遗，收割行动如此迅猛，引弹已经上膛，人类只有几个月的逃亡时间。而太阳系将从此在宇宙中蒸发。

顾曳明再次回头望向"先驱者十号"，它已然被一圈悬浮磁场颗粒包裹，成了著名的太空遗址。它的表面被宇宙射线和高速碎片轰击得面目全非，顾曳明由此感觉，人类过往的那段岁月遥不可及。

飞船离开了银河系，飞往无尽的虚空。

在两个开战的星系之间，太空战争的残骸形成了一道绵延不息的灰色长带，横亘在银河系与仙女座星云之间，犹如隔壁桌的女生在桌子上画下的分界线。

那些残骸有的在自身引力的作用下聚集成团，形成巨大的铁屑伪星，而更多散落漂浮的碎块却在膨胀的宇宙中逐渐拉开距离，仿佛水中扩散的染料。

顾曳明小心地避开漂浮物，前往仙女座星云的温吞星。

那是一颗乳白色的星球，大气中有一圈透明冰，仿佛奶香薄荷糖，令人看着很开胃。

飞船落到星球上，没有空气摩擦，应该缺少氧气，不过他无须在意这一点，他现在是温吞星人，最适应母星的环境。

飞船着地，螺旋的金属舱门打开，他踏向地面。松软，仿若有一层晶莹透亮的霜雪，但并不冷。他俯下身子，圆滚的肚子扭捏，发现那些白色的物质是一种新型藻类。粘脚，踩上去会悉数跳动，发出微妙的怪声。

整颗星球的表面都覆盖着这类东西，颜色发白，没有气色可言。

顾曳明打开妻子发来的定位信息，往一座海浪状的山坡爬去。但他意识到，那不是山坡，而是一种造型奇特的树，其枝干稠密，组成盘根错节的巨大凸起。人在上面攀爬，如同在山上行走。

树顶有个亮点，顾曳明跟着指引走去，发现一个入口。但那又不是入口，而是一个用树叶围起来的简易门洞。前方有一条绵延下去的树枝，被凿成滑道，他坐上去，一溜烟儿往下滑。

他以为会一直滑到阴暗的树底，却又从树叶的一处穿出，依然来到外面，但是此处，已经不再是树顶所见的白色平原，而是一座微观城市。

之所以称其微观，是因与硕大如山的根系比起来，那些人造建筑显得尤其渺小，如同布满树皮的苔藓上的菌落。星碎的斑点丛中，几条纤细的虫丝经过，似乎是面条，又似乎是女子遮眼的刘海儿。

阳光不知从哪里冒出，穿过缝隙，一束束光线如同帘子。他往前走，周围有很多温吞星人，他们在乡间走过，仿佛一罐药被打翻，各种颜色的药片散落一地。有些粉红，有些嫩绿，但多半为惨白色。顾曳明只当理解为那颜色是衣服的特征，毕竟温吞星人是这个世界上最难区分个体的生物，他们之间没有明显的体貌特征，全都如同药片般滚圆。

走上前去，顾曳明听清楚了村民的对话，他们操着一口完全陌生的语言，但却能够被理解，这得益于温吞星人独特的分散性脑细胞结构。

他们集体制造的声响没有那么缓慢，听起来更像是河水哗啦啦的响动，很是嘈杂。

顾曳明逮到一位老乡，想问他住在翘角屋的主人在哪儿。那人发出裂帛般的嘶啦声，语速缓慢。

顾曳明不再感觉这种缓慢难以忍受，他们同是温吞星人，并不能觉察各自语速的差别。

那人说了一通，指向绛色湖柳群的尽头，那里有水磨的岩石、穿孔的太湖石和橙色的沙滩。在阳光普照下，成排的骨白色建筑物屹立其间。想必，那便是他妻子娘家的别墅。

顾曳明告别老乡，穿过熙攘的人流。那些居民沿街交换着各色物产，无非是农作物、农作工具和手工磨制的简易生活用品。

有一家打铁铺，是手作工艺，做钛合金的耙、复合碳纤维的犁，还有短镢、镰刀、锄头。师傅要和客户谈上个把月，讨论好形制、样式和使用习惯，再花几年时间精心打磨，将一块粗铁磨成绣花针，把树桩子削成牙签。

若是客户不满意，就再耗个几年十几年的，把东西做精致了，人家自然满意，也便留住了回头客。

前面有一家钟表店。温吞星的钟表有如沙漏，上方的铯原子穿过中间的铅隔膜，到达下方的空间中，则记一个铯原子单位时间。但那种计时器缓慢得如同时间静止，铯原子难以穿过密实的高压铅板。温吞星人靠着这种仪器，让自己感受不到时间的流逝，也就不必为一天只讲了一句话、只写了一个字而觉得枉费青春。

他们淡然地盯着眼前的各种小事，并不抬头朝天穹望，慢条斯理地磨着琐事、自己乃至时间，全不在意遥远的地球即将如泰坦星一般毁灭。

　　走出街区，顾曳明来到后方的粉红色小林子。过了小林子，便是一片水银般的海岸，沙滩里不是沙子，而是小颗粒水晶，多为十八面双尖锥造型，踏上去扎脚，遇到阳光折射彩晕，犹如舞台中央的迪斯科灯球。

　　一阵风袭来，带有早晨的香柠檬气息，顾曳明抬头看到，成排的白色石灰质建筑遮挡着，它们扭转向上生长，宛如一个个帝王海螺。

　　绕着海螺上前，顾曳明敲了敲洞门上的隔板，缓缓打开，伸出一只大舌头。顾曳明以为那是真的海螺，而螺肉伸了出来，同样带着黏稠的体液。

　　在螺肉里，突出一颗"珍珠"，哑光表面，还长了两条手臂。

　　但那不是珍珠，而是顾曳明的妻子，一个乳白色的药片形态的温吞星人。很难想象，她会生活在这样恶心的肉液里。

　　对方十分诧异。顾曳明说自己是她的老公，又去拥抱——被妻子推开后，他难以接受。

　　顾曳明便不急不慢地把前因后果说完，一直说了几个小时，直到恒星落下，直到大地拉起黑帘，妻子才伸出胳膊相拥。

　　如果他们愿意，这一刻可以停留一天。没有什么能够干扰他们感受久别重逢的喜悦，时间也要让开充裕的容量，来含纳他们情感交融出的芬华，一如等待浇灌的小花盛开，一如等待怀中的婴儿长大。

　　时间果然慢了下来，慢到每一次脉搏都能承载一代人，而等待成了永恒的跨度，如那黏稠的汁液间纤长的丝，无尽地徜徉，徜徉在漫无目的的时光之河里。

顾曳明和他的妻子亲吻，他本能地知道用哪个器官与对方亲吻，如同手指烫红了便放到耳朵上，没有比这更自然的事情了。

与温吞星女性亲吻的感觉算不上奇特，但在那种平淡中，有超越一切的真谛，如水中品尝出腥甜，春分夹杂百香。顾曳明走遍宇宙深空，见过大千寰宇，心总要有所停靠，而故土母星即将消亡，唯有妻子一人给他建起了港湾。

顾曳明依依不舍地松开手，夜已经悄然渗透，妻子将他牵进屋内，穿过有大舌头紧挨着的墙壁。潮湿温热的环境贴在他身上，犹如挤进汗气蒸腾的肉体组成的公交车，他的皮肤没有一处干爽。

"你们就生活在这样的地方吗？"顾曳明缓慢地说话，已然忘了原本的语速。

粉色大舌头蠕动着，依然紧紧地挤压着他们俩，仿佛膨胀的按摩椅。

"是啊，我们温吞星人都喜欢养大舌怪！"

"你是说这个肉粉色的家伙是个宠物？这也太大了吧！"

"这算是小的了，温吞星人都喜欢把它们养在家里面，和它们紧挨在一起生活，以此保持我们身体的湿度。"

"它比这个房子还大，快要盛不下了吧？"

妻子笑了，发出的分频声音那么悠远。顾曳明感觉自己和妻子简单的一席对话，漫长却又充满甜蜜，毫无瑕疵，更无恐慌和不安。比起星球外面的种种尔虞我诈、钩心斗角，这里即便不是天堂，也

宛如天堂。

"我们在哪里休息？"

"就在海螺的尖顶上方，那里更窄，但是我们可以紧挨着，贴着心，暖和。"

"你的大舌怪如同海螺肉，难道这个海螺是它的壳？"

"不是，这个壳来自水银海洋中的生物，而大舌怪类似于地球上的寄居蟹，它们喜欢借壳生活。"

"对了，我之前让你买温吞星的房产，你买了吗？"

妻子又笑了起来，那笑声有魔力，顾曳明一听，全身都放松下来，再也不想继续根究房产的事情。他只想静下来，躺着，等到天荒地老，海枯石烂，毫无追求地享受着曼妙的时光。

他无法抗拒这种渴望，仿佛是一个操劳过度的人需要酣睡一场，仿佛世界再没有任何事情值得纠结和挂念。

妻子细腻地咬着字眼，说："明天你就能看到我们的房产了！"

顾曳明再次抱住妻子，感觉全身融化在了大舌怪湿滑的体液中，和妻子缠绵在一起。他们以前是不同生物，根本无法共事。而今，他的身体占据了人类大脑，代替顾曳明行使了夫妇之事。一阵阵恍惚与迷离，时间被他们摊平，更加缓慢地散开，生命交融的快感如涟漪般散开。

2

他们在海螺里住了很久，很久。顾曳明都忘了，出来的时候是第二天，还是第二年。

妻子也从大舌怪的舌苔上钻出来，顾曳明看着这一幕，觉得妻子仿佛是海螺吐出的白珍珠，他从来没有过这样的感觉。他还是个人类的时候，妻子在他眼里是一片白花花的肥药片，走在哪里都很惹眼，招人评论。

温吞星人的身体改变了他的思维和观念，他的审美也发生了变化，尤其是复眼所见的世界，一直在挑战他的原有审美。而适应了这样的视觉设定后，顾曳明却越来越觉得眼前的事物就应该如万花筒一般才美妙。

妻子牵着顾曳明走过白色草原，往海岸线的弯角处滚动，他们滚起来犹如雪地里的白兔，笨拙却又充满着轻盈的浪漫气息。

海岸边还有一排海螺，更加庞杂，更加宏伟，犹如放大版的海螺集市，满地的大海螺组成了一座城市。

"我父母听了你的建议，花了一辈子积蓄，买下了一座城市。如今，这是整个星球里最繁华的都市了。当然，这种繁华的背后是农牧生活，没有车水马龙，只有田间地头。"

顾曳明望着这座绝无仅有的海螺城市，觉得它比荣耀城还要繁华。这种繁华不是灯红酒绿、纸醉金迷，而是一种难以言说的灵秀品味和浪漫气质，让他想起了西班牙艺术家达利的奇思妙想。

"说到田间地头，我父母还买下了一片地。我们温吞星人把土地看作一切，我们的豆荚货币从土里面长出来，而神圣的温吞树也从土里长出来！"

"温吞树？"

"对啊，我们星球的名字由它而来，它是这颗星球的神树，就在我父母买下的那片地里。当时温吞星受到外部势力的干预，人们失去了理性，丢失了温厚悠慢的秉性，神树所代表的品质也遭到质疑。因此，部落首领把神树也变卖掉了，被我们捡了漏。"

"快带我去看看！"顾曳明说着"快"字，那一刻，他作为人类的习性又暴露了出来。但是很快，这种本能将在这颗星球上逐渐消退。

他们来到的是一片白色杂草丛生的荒原，所谓的神树并没有在平原上凸显出来，相反的，它往地下生长，一边生长，一边在地里面打洞。

顾曳明把抬起的头低下去，看到脚下有个巨型凹陷，犹如陨石坑。坑里面布满鳞片状的树叶，没有树枝，顾曳明倒觉得那是藤蔓，而不是乔木，甚至连灌木都算不上。

"你说的神树在哪儿？"

妻子把一块石头扔到坑里面，打着一连串的滚儿，石头像骰子掉进了拉斯维加斯大转盘，翻滚了良久，停在正中心。

妻子让顾曳明看凹陷中心，那里有个巨大的树桩，树桩往外生长出了枝干，一直蔓延到坑洞边缘后逐渐缩小。

"你们这棵树更像是被球体压扁后的残渣！"

"你的说法对了一半。这棵树的花朵会释放出一种阻滞时间流淌的物质。这种物质无法被看到、触摸到，却可以感受到，就是它让生命对于时间的感受变慢。"

"这种物质在哪儿？"

妻子用手指着坑的顶部，再指着下凹的底部。

顾曳明想了片刻，醒悟过来："这种看不见的物质把神树压扁了？"

妻子点点头说："它凝聚成球状，压扁了整棵树和土地！"

顾曳明往后退了几步，生怕掉进坑里，被活活压扁。他再次望向那块石头，石头正在逐渐被摊平，但是速度非常缓慢。

"你们需要这样的树做什么，仅仅是当作神树来供奉吗？难道你不怕它越长越大之后，把整颗星球都吞没掉吗？"

"那一天终将到来，但要等很久。这棵树长到现在这个规模，足足花了二百三十一亿年，它缓慢地生长，不与任何植物争夺地盘。"

"但是一旦霸占了地盘，就再也无法逆反。"

"最近有个地球人想要买这棵神树，他愿意用飞船里所有的稀有金属兑换，有了这些稀有金属，我们便可以不再使用豆荚植物作为货币。"

"地球人？"

"他还带着一帮火星人。"

"他叫什么名字？"

"华——董——"

3

顾曳明准备会见华董，但是路途遥远，他的飞船也没有了燃料。妻子给他配了一辆原木拖车，让大舌怪拉着车走。

顾曳明看着轮子缓慢地一圈圈转着，再看看前面拉车的大舌怪。

它更像是一坨丢了壳的蜗牛肉，速度简直与蜗牛不分上下，一点一点地挪动着，拖出长长的黏液带。

妻子说："怎么样，大舌怪拉得很稳吧，它浑身都是肌肉，力大无比。"

顾曳明没有生气，也没有懊恼这种龟速。但他明显知道，依照这样的速度，他们半年都到不了华董飞船的驻扎之地。

但他也没办法，感觉自己的"蜗牛车"是唯一可以信任的工具。

顾曳明的脑子运转得缓慢无比，他在温吞星待了太久，每吸一口空气，内心的缓慢因子就增长一点。他变得极为慵懒，只想躺在蜗牛车上，慢慢地前往。

到不了也无所谓了，他觉得见不见华董也无所谓了，什么都可以无所谓。

他忽然跳起来，脑子转了半圈，对妻子说："既然这么慢，我们还不如自己滚过去来得快。"

妻子同意了他的建议，然后两个白盘子便在白色大地上滚了起来。

华董的飞船很大，像个堡垒，脱离险境的地球人和火星人住在里面。

哨兵看到了两个白色的土著民滚着过来，折回"城堡"里，通报了陀螺。

陀螺走到瞭望塔，看了片刻，又拿着翻译喇叭对他们喊话："你们是谁，有何指教？"

顾曳明听出那是陀螺的声音，他的发音比较浑厚，又带有一些吱吱声。

顾曳明回话：“是我，小顾，你曾经的策划专员！”

陀螺没有反应过来，觉得这句话不应该从圆滚滚的温吞星人口中讲出，于是又问：“哪个小顾？”

“顾曳明！”

陀螺把华董叫了过来。华董没有去瞭望塔观望，而是直接开了舱门。如同升起城堡的铁闸门，一位“帝王”徐徐出现。

在一颗异星球，当阔别数年的老板和职员相遇，没有熟悉的感觉，也不知道该如何感怀。顾曳明已经不是当年的顾曳明，两人仿若陌生人。

顾曳明花了很长时间才讲清楚自己的遭遇，这不仅因为需要说的东西太多，更因为他的语速缓慢。

华董认出了顾曳明的妻子，并有意与她继续磋商，收购神树。得知她与顾曳明的关系后，他松了一口气，自知万事俱备，水到渠成。

顾曳明问：“你为什么对神树如此感兴趣？”

华董放下董事长的派头，也没有了富二代的那种脾性，反而亲和地说：“我们救起一批人类同胞，其中有一位是宇宙学家，他对温吞星有过一段时间的研究。这次过来，他正好可以将他的理论与实际结合。他发现，温吞星的空气中弥漫着细碎的暗物质颗粒，用仪器探测后，他找到了暗物质的峰值源头，那便是神树中心。”

“暗物质，你是说温吞树里面包含暗物质？”

“听起来确实不可思议，但这位宇宙学家可以用理论支持这个说法。"

"这么说来，你们想利用暗物质？"

"这种暗物质可以拉长时空场域，把原本单位时间的刻度拖远，斩断时间，让它失去连贯性。暗物质在宇宙的丰度比普通物质还要大，它导致宇宙膨胀，产生热寂。"

顾曳明的温吞星脑子转得越来越不灵光了，跟不上华董的解释，于是说："简单一点讲，是什么意思？"

"我们在这里待了好长一段时间，对时间的感受变得越来越缓慢、悠远。结果我们发现，一切事物都在变慢，生命的进程也拖长了。循环资源室里原本早就该衰败的植物，一直拖到现在，细胞依然保持着活性。那些被镭辐射伤害的儿童，他们本来也该因为器官衰竭而死亡，但是在温吞星，他们死亡的时间也被拖长。"

"再说得简单一点！"

华董没有接着说，却转而问顾曳明的妻子："你们温吞星是否有很多长寿老人？"

"是啊！"

"他们活得时间最长的人，现在多少岁了？按照你们温吞星人的一年为单位。"

"五百一十万年吧！"

顾曳明被吓到了，但他还有点儿理性，于是问："折合成地球时间的话，有多少年？"

"五十一万年。"

顾曳明继续问："那你多少岁了？"

"四千岁！"

4

华董让陀螺去拿一样东西，显得格外神秘。

陀螺提着一个公文包回来，放在顾曳明面前。

"这是一个温吞星人给我的，他说在地球联盟日报社刊发了一则寻物启事，但一直没有人来认领。他是个特别憨厚实在的农民，没有将公文包占为己有。当看到我们火卫号出来的是人类时，他第一时间从很远的地方赶来，把东西交给我。他知道里面有一本书，书是用中文写的，只有地球人才懂中文，因此他希望我把东西带回地球，亲手交给那个人。"

陀螺接着说："当时我想告诉那个温吞星人，地球很快就要毁灭了，而地球人流离失所，这个公文包不可能再找到失主。但是华董制止了我。他认为，只有收下这个公文包，这个温吞星人才能安心。"

"你们怎么知道这个包是我的？"

"我们打开来看了一下，书本扉页上写了你的名字和购买日期。"

顾曳明打开公文包，想看看里面还有些什么。

所有东西都在，包括那本韦德斯舰长撰写的《致富宝典》，他翻了几页，发现那份泰坦星人写的文章夹在里面。他抽出来，甩了一下，摊开。

上面依然是看不懂的泰坦文墨迹，犹如胡乱涂鸦。

华董问："你想知道这篇文章写的是什么吗？"

顾曳明吞了一口气，他并没有任何想法，可能是因为温吞星的暗物质导致他失去了冲动，也许他不想再面对过去。无论如何，他也没有想要点头的意思。

但是华董还是希望把谜底揭晓，说道："我让懂得泰坦星文字的火星劳工看了一遍，他们翻译出了一篇宇宙规划方案。泰坦星人想要用这篇文章告诉银河系文明，他们所在的位置得天独厚，受到了宇宙之神的眷顾。他们认为，这样便可以打击银河系文明的傲气，让他们失去进攻的决心。"

顾曳明开始有了兴趣，"里面具体怎么说的？"

"我们都是中国人，里面涉及一些风水学的问题，我想你即便听不懂，也应该能够意会到一些。"

"等等，我大概知道了，难道是宇宙风水学？"

"嗯，文章的题目正是'仙女座星云与银河星系的宇宙风水学探究'。"

"遨雍！难道这篇文章的作者是遨雍？"顾曳明自顾自地说话。

"里面指出，仙女座星云的形制是一座大山，龙脉沿着星辰的背脊走势一脉而下，灌注在泰坦星上，这一态势决定了泰坦星必定演化出高等生命，并主宰其他文明。何以看出泰坦星文明必将战胜银河系文明呢？因为银河系文明处于龙脉走水的反弓方位，是劣势之地，因此无力回天。"

"但事实上，泰坦星已经被毁灭了，几乎所有的泰坦星人都灭绝了！"

"你是想说，风水学不靠谱？"

顾曳明摇头，他觉得风水大师给他父母择穴时，分明看到了风水的影像，难道是"宇宙风水学"本身的问题？

他忽然明白过来，当时反鼻星人在他耳边说过，顾曳明把墓穴安排在他父母旁边，这样多少都会将风水的效用分散开来，甚至完全吸走。

顾曳明站起来，望向天空，泰坦星附近的恒星残骸远远没有消散殆尽，那需要几十亿年的时间。宇宙深处的死亡回响依然萦绕不息，但是天神似乎给了温吞星一把神秘的保护伞。

"我知道了，为什么引弹射击恒星时，只有泰坦星被毁灭，而温吞星却幸免于难，因为宇宙的风水气脉原本应该灌注到泰坦星，如今却被温吞星吸了过来。这颗星球才是聚气的宝穴。"

妻子反应过来："这么说，温吞树——那棵神树——"

顾曳明没等妻子说完，便接上去说道："没错，聚气的宝穴。"

⑤

华董把稀有金属交给温吞星部落，作为准备金，希望他们的豆荚货币与金属挂钩，以此稳定金融。交换的条件就是，他必须取得神树的开采权，并得到部落的无条件支持。

与此同时，在妻子的同意下，顾曳明把一部分房产给了那些受到镭辐射事件影响的家庭，他们可以以此安身立命，顾曳明的心也能好受些。剩余的大部分房产则统统变卖，获得的现金用于创立公司。

顾曳明与华董合作，把这家公司命名为"温吞星无限生命有限公司"。他们希望利用这种类似暗物质的龙脉之气，提高生命的延续时间，甚至远离死神。当然，代价就是，生命会变得极其缓慢，悠长。

华董事后戏称："公司是有限的，生命却是奇迹，有无限可能。"

生命应该重新找到自我存在的步调，如果妄图活在快节奏的世界里，生命的精魂将被迅速耗竭，如同灯芯火焰太亮，燃烧得越旺，蜡烛也就烧得越快。

开采出来的暗物质将被做成空气胶囊，运送到有此需求的星球上。

如果是个体需要消费暗物质，他们只需要把头套在玻璃罩里，如同戴着太空头盔，那么他的生命就能感受到片刻的宁静、安详、温厚和悠远。

如果需求方要让整颗星球都得到宇宙之神的眷顾，那么将有一条运输带，把源源不断的暗物质注入到他们星球的大气中，让全球的生命放慢步调，再放慢一些。

生命安于宇宙的法度，不要试图超越光速，光速是不可被逾越的。也不要想着超越其他文明，文明是终点而非起点。文明也应该缓慢一些爬行，一点点地挪动，犹如蜗牛一般。

最先尝到好处的是火星人。他们原本在血汗工厂里拼死拼活地工作，每日的单件多到堆成小山，手脚忙碌得一刻也不能停歇。但如今，他们品尝到了时间慢下来的快乐。坐在茶室里，泡一壶好茶，或者用他们纤细的巧手，用一辈子打磨一把紫砂壶，栽种一株盆景，又或者静静地发呆，与大自然融为一体。

顾曳明曾经也是格子间里快速码字的机器，在商业效率中逐渐失去自我，变成异类。而现在，他只想躺在草地上，和妻子一同感受每一阵和缓的风。

时间定格在当下，让当下变成片刻永恒，再也没有纷扰战乱，生命和睦地共享着同一片天空。

他们应该能够看到，在遥远的太阳系，一颗叫作地球的古老星球即将消失，但那也将成为历史，新的历史将在幸存的人类中创造。

在顾曳明心里，真正的家已经不在地球，而在心里。